红色经典
文艺作品
口袋书

丰收

叶紫 著

本书编委会 编选

上海文艺出版社

目录

★

丰收
001

火
121

山村一夜
184

丰收

一

时间是快要到清明节了。天，下着雨，阴沉沉的没有一点晴和的征兆。

云普叔坐在"曹氏家祠"的大门口，还穿着过冬天的那件破旧棉袍；身子微微颤动，像是耐不住这袭人的寒气。他抬头望了一望天，嘴边不知道念了几句什么话，又低了下去。胡须上倒悬着一线一线的涎沫，迎风飘动，刚刚用手抹去，随即又流出了几线来。

"难道再要和去年一样吗？我的天哪！"

他低声地说了这么一句，便回头反望着坐在戏台下的妻子，很迟疑地说着：

"秋儿的娘呀！'惊蛰一过，棉裤脱落！'现在快清明了，还脱不下袍儿。这，莫非是又要和去年一样吗？"

云普婶没有回答,在忙着给怀中的四喜儿喂奶。

天气也真太使人着急了,立春后一连下了三十多天雨没有停住过,人们都感受着深沉的恐怖。往常都是这样:春分奇冷,一定又是一个大水年岁。

"天啦!要又是一样,……"

云普叔又掉头望着天,将手中的一根旱烟管,不住地在石阶级上磕动。

"该不会吧!"

云普婶歇了半天功夫,随便地说着,脸还是朝着怀中的孩子。

"怎么不会呢?春分过了,还有这样的寒!庚午年,甲子年,丙寅年的春天,不都是有这样冷吗？况且，今年的天老爷是要大收人的！"

云普叔反对妻子的那种随便的答复，好像今年的命运，已经早在这儿卜定了一般。关帝爷爷的灵签上曾明白地说过了：今年的人，一定是要死去六七成的！

烙印在云普叔脑筋中的许多痛苦的印象，凑成了那些恐怖的因子。他记得：甲子年他吃过野菜拌山芋，一天只能捞到一顿。乙丑年刚刚好一点，丙寅年又喊吃树根。庚午辛未年他还年少，好像并不十分痛苦。只有去年，我的天呀！云普叔简直是不能作想啊！

丰收

去年，云普叔一家有八口人吃茶饭，今年就只剩了六个：除了云普婶外，大儿子立秋二十岁，这是云普叔的左右手！二儿子少普十四岁，也已经开始在田里和云普叔帮忙。女儿英英十岁，她能跟着妈妈打斗笠。最小的一个便是四喜儿，还在吃奶。云普爷爷和一个六岁的虎儿，是去年八月吃观音粉①吃死的。

这样一个热闹的家庭中，吃呆饭的人一个也没有，谁不说云普叔会发财呢？是的，云普叔原是应该发财的人，就因为运气太不好了，连年的兵灾水旱，才

---

① 观音粉：一种白色的细泥土。——原注。

把他压得抬不起头来。不然,他也不会那么示弱于人哩!

去年,这可怕的去年啦!云普叔自己也如同过着梦境一样。为了连年的兵灾水旱,他不得不拼命地加种了何八爷七亩田,希图有个转运。自己家里有人手,多种一亩田,就多一亩田的好处;除纳去何八爷的租谷以外,多少总还有几粒好捞的。能吃一两年饱饭,还怕弄不发财吗?主意打定后,云普叔就卖掉了自己仅有的一所屋子,来租何八爷的田种。

二月里,云普叔全家搬进到这祠堂里来了,替祖宗打扫灵牌,春秋二祭还有一串钱的赏格。自家的屋子,也是由何八爷承受的。七亩田的租谷仍照旧规,三七开,云普叔能有三成好到手,便算很不错的。

起先,真使云普叔欢喜。虽然和儿子费了很多力气,然而禾苗很好,雨水也极调和,只要照拂得法,收获下来,便什么都不成问题了。

看看他,禾苗都发了根,涨了苞,很快地便标线①了,再刮二三日老南风,就可以看到黄金色的谷子摆在眼前。云普叔真是喜欢啊!这不是他日夜辛劳的

---

① 标线:即稻的穗子从禾苞中长出来。——原注。

代价吗?

他几乎欢喜得发跳起来,就在他将要发跳的第二天哩,天老爷忽然翻了脸。蛋大的雨点由西南方直向这垄上扑来,只有半天功夫,池塘里的水都起膨胀。云普叔立刻就感受着有些不安似的,恐怕这好好的稻花,都要被雨点打落,而影响到收成的不丰。午后,雨渐渐地停住了,云普叔的心中,像放落一副千斤担子般的轻快。

半晚上,天上忽然黑得伸手看不见自家的拳头,四面的锣声,像雷一般地轰着,人声一片一片地喧嚷奔驰,风刮得呼呼地叫吼。云普叔知道又是外面发生了什么意外的事变,急急忙忙地叫起了立秋儿,由黑暗中向着锣声的响处飞跑。

路上,云普叔到了小二疤子,知道西水和南水一齐暴涨了三丈多,曹家垄四围的堤口,都危险得厉害,锣声是喊动大家去挡堤的。

云普叔吃了一惊,黑夜里陡涨几支水,是四五十年来少见的怪事。他慌了张,锣声越响越厉害,他的脚步也越加乱了。天黑路滑,跌倒了又爬起来。最后是立秋扶住他跑的,还不到三步,就听到一声天崩地裂的震响,云普叔的脚像弹棉花絮一般战动起来。很快地,如万马奔驰般的浪涛向他们扑来了。立秋急急地背起云普叔返身就逃。刚才回奔到自己的头门口,水已经流到了阶下。

新渡口的堤溃开了三十几丈宽一个角,曹家垄满垸子的黄金都化成了水。

于是云普叔发了疯。半年辛辛苦苦的希望,一家生命的泉源,都在这一刹那间被水冲毁得干干净净了。他终天的狂呼着:

"天哪!我粒粒的黄金都化成了水!"

现在,云普叔又见到了这样希奇的征兆,他怎么不心急呢?去年五月到现在,他还没有吃饱过一顿干饭。六月初水就退了,垄上的饥民想联合出门去讨米，刚刚走到宁乡就被认作了乱党赶出境来，以后就半步大门都不许出。县城里据说领了三万洋钱的赈款，乡下没有看见发下一颗米花儿。何八爷从省里贩了七十担大豆子回垄济急，云普叔只借到五斗，价钱是六块三，月息四分五。一家有八口人，后来连青草都吃光了，实在不能再挨下去，才跪在何八爷面前加借了三斗豆子。八月里华家堤掘出了观音粉，垄上的人都争先恐后地跑去挖来吃，云普叔带着立秋挖了两三担回来，吃不到两天，云普爷爷升天了，临走还带去了一个六岁的虎儿。

后来，垄上的饥民都走到死亡线上

了,才由何八爷代替饥民向县太爷担保不会变乱党,再三地求了几张护照,分途逃出境来。云普叔一家被送到一个热闹的城里,过了四个月的饥民生活,年底才回家来。这都是去年啦!苦,又有谁能知道呢?

这时候,垄上的人都靠着临时编些斗笠过活。下雨,一天每人能编十只斗笠,就可以捞到两顿稀饭钱。云普叔和立秋剖篾;少普、云普婶和英英日夜不停地赶着编。编呀,尽量地编呀!不编有什么办法呢?只要是有命挨到秋收。

春雨一连下了三十多天了,天气又

寒冷得这么厉害,满垄上的人,都怀着一种同样恐怖的心境。

"天啦!今年难道又要和去年一样吗?……"

二

天毕竟是睛和了,人们从蛰伏了三十多天的阴郁底屋子里爬出来。菜青色的脸膛,都挂上了欣欢的微笑。孩子们一伴一伴地跑来跑去,赤着脚在太阳底下踏着软泥儿耍着。

水全是那样满满的,无论池塘里、田中或是湖上。遍地都长满了嫩草,没有晒干的雨点挂在草叶上,像一颗一颗的小银珠。杨柳发芽了,在久雨初晴的春色中,这垄上,是一切都有了欣欣开展的气象。

人们立时开始喧嚷着,活跃着。展眼望去,田畦上时常有赤脚来往的人群,徘徊观望;三个五个一伙的,指指池塘又查查决口,谈这谈那,都准备着,计划着,应该如何动手做他们在这个时节里的功夫。

斗笠的销路突然地阻塞了,为了到处都天晴。男子们白天不能在家里刮篾,妇人和孩子的工作,也无形中松散下来,生活的紧箍咒,随即把这整个的农村牢牢地套住。努力地下田去工作吧，工作时原不能不吃饭啊！

整日祈祷着天晴的云普叔，他的目的总算是达到了。然而微笑是很吝啬地只在他的脸上轻轻地拂了一下，便随着紧蹙的眉尖消逝了。棉袍还是不能脱下，太阳晒在他的身上，只有那么一点儿辣辣的难熬，他没有放在心上。他只是担心着，怎样地才能够渡过这紧急的难关——饱饱地捞两餐白米饭吃了，补一补精神，好到田中去。

斗笠的销路没有了，眼前的稀饭就起了巨大的恐慌，于是云普叔更加焦急。他知道他的命苦，生下来就没有过过一时舒服的生涯。今年五十岁了，苦头总算吃过不少，好的日子却还没有看见过。算八字的先生都说：他的老晚景很好；然而那是五十五岁以后的事情，他总不能十分相信。两个儿子又都不懂事，处在这样大劫数的年头，要独立支持这么一家六口，那是如何困难的事情啊！

"总得想个办法啦！"

云普叔从来没有自馁过，每每到了这样的难关，他就把这句话不住地在自己的脑际里打磨旋，有时竟能想到一些很好的办法。今天，他知道这个难关更紧了，于是又把这句话儿运用到脑里去旋转。

"何八爷,李三爷,陈老爷……"

他一步一步地在戏台下踱来踱去,这些人的影子,一个个地浮上他的脑中。然而那都是一些极难看的面孔,每一个都会使他感受到异样的不安和恐惧。他只好摇头叹气地把这些人统统丢开,将念头转向另一方面去。猛然地,他却想到了一个例外的人:

"立秋,你现在就跑到玉五叔家中去看看好吗?"

"去做什么呢,爹?"

立秋坐在门槛边剖篾,漫无意识地反问他。

"明天的日脚很好啦!人家都准备下

田了,我们也应当跟着动手。头一天做功夫,总得饱饱吃一餐,兆头来能好一些,做起功夫来也比较起劲。家里现在已经没有了米,所以……"

"我看玉五叔也不见得有办法吧!"

"那末,你去看看也不要紧的喽!"

"这又何必空跑一趟呢?我看他们的情形,也并不见得比我们要好!"

"你总欢喜和老子对来!你能知道他们和我们一样吗?我是叫你去一趟呀!"

"这是实在的事实啊!爹,他们恐怕比我们还要困难哩!"

"废话!"

近来云普叔常常会觉得自己的儿子

变差了，什么事情都欢喜和他抬杠。为了家中的一些琐事，不知道发生过多少次龃龉。儿子总是那样懒懒地不肯做事，有时候简直是个忤逆的，不孝的东西！

玉五叔的家中并不见得会和自己一般地没有办法。因为除了玉五婶以外，玉五叔的家中没有第三个要吃闲饭的人。去年全垄上的灾民都出去逃难了，王五叔就没有同去，独自不动地支持了一家两口的生存。而且，也从来没有看见他向人家借贷过。大前天在渡口上曹炳生肉铺门前，还看见了他提着一只篮子，买了一点酒肉，摇头晃脑地过身。他怎么会没有办法呢？

于是云普叔知道了，这一定又是儿子发了懒筋，不肯听信自己的吩咐，不由的心头冒出火来：

"你到底去不去呢？狗养的东西，你总喜欢和老子对来！"

"去也是没有办法啦！"

"老子要你去就去，不许你说这些废话，狗入的！"

立秋抬起头来，将篾刀轻轻放下，年轻人的一颗心里蕴藏着深沉的隐痛。他不忍多看父亲焦急的面容，回转身子来就走。

"你说：我爹爹叫我来的，多少请玉五叔帮忙一点，过了这一个难关之后，随即就替五叔送还来。"

"唔！……"

月亮刚从树桠里钻出了半边面孔来，一霎儿又被乌云吞没。没有一颗星，四周黑得像一块漆板。

"玉五叔怎样回答你的呢？"

"他没有说多的话。他只说：请你致意你的爹爹，真是对不住得很，昨天我们还是吃的老南瓜。今天，喽！就只有这一点点儿稀饭了！"

"你没有说过我不久就还他吗？"

"说过了的，他还把他的米桶给我看了。空空的！"

"那么,他的女人哩?"

"没有说话,笑着。"

"妈妈的!"云普叔在小桌子上用力地击了一拳。随即愤愤地说道:"大前天我还看见了他买肉吃,妈妈的!今天就说没有米了,鬼才相信他!"

大家都没有声息。云普婶也围了拢来,孩子们都竖着耳朵,听爹爹和哥哥说话,偌大的一所祠堂中,连一颗豆大的灯光都没有。黑暗把大家的心绪,胁迫得一阵一阵地往下沉落……

"那么明天下田又怎么办呢?"

云普婶也非常耽心地问。

"妈妈的,只有大家都饿死!这杂种

出外跑了这么大半天,连一颗米花儿都弄不到。"

"叫我又怎么办呢,爹?"

"死!狗入的东西!"

云普叔狠狠的骂了这句之后,心中立刻就后悔起来:"死!"啊,认真地要儿子死了又有什么办法呢?心中只感到一阵阵酸楚,扑扑地不觉掉下两颗老泪!

"妈妈的!"

他顺手摸着了旱烟管儿,返身朝外就走。

"到哪儿去呢,老头子?"

"妈妈的!不出去明天吃土!"

大家用了沉痛的眼光,注视着云普

叔的背影，渐渐被黑暗吞蚀。孩子们渐次地和睡魔接吻了，在后房中像猪狗一般地横七竖八地倒着。堂屋中只剩了云普婶和立秋，在严厉的恐怖中，张大那失去了神光的眼睛，期待着云普叔的好消息回来。心上的弦，已经重重地扣紧了。

深夜，云普叔带着哭丧的脸色跑回来，从背上卸下来一个小小的包袱：

"妈妈的，这是三块六角钱的蚕豆！"

六条视线，一齐投射在这小小的包袱上，发出了几许饥饿的光芒！云普叔的眶儿里，还饱藏着一包满满的眼泪。

三

在田角的决口边，立秋举着无力的锄头，懒洋洋的挥动。田中过多的水，随着锄头的起落，渐渐地由决口溢入池塘。他浑身都觉得酥软，手腕也那样没有力量，往常的勇气，现在不知跑到哪里去了。

一切都渺茫哟！他怅望着原野。他觉得：现在已经不全是要下死力做功夫的时候了；谁也没有方法能够保证这种工作，会有良好的效果。历年的天灾人祸，把这颗年轻人的心房刺痛得深深的。

眼前的一切，太使他感到渺茫了，而他又没有方法能把自己的生活改造，或是跳出这个不幸的圈围。

他拖着锄头，迈步移过了第三条决口，过去的事件，像潮水般地涌上他的心头。每一锄头的落地，都像是打在自家的心上。父亲老了，弟妹还是那么年轻。这四五年来，家中的末路，已经成为了如何也不可避免的事实。而出路还是那样的迷茫。他不知道要用什么方法，才可以开拓出这条迷茫的出路。

无意识地，他又想起不久以前上屋癞大哥对他鬼鬼祟祟说的那些话来，现在如果细细地把它回味，真有一些说不出来的道理：在这个年头，不靠自己，还有什么人好靠呢？什么人都是穷人的对头，自己不起来干一下子，一辈子也别想出头。而且癞大哥还肯定地说过：不久的世界，一定是我们穷人的！

这样，又使立秋回想到四年前农民会当权的盛况：

"要是再有那样的世界来哟！"

他微笑了。突然地有一条人影从他的身边掠过，使他吃了一惊！回头来看，正是他所系念的上屋癞老大。

"喂！大哥，到哪里去呢？"

"呵！立秋，你们今天也下了田吗？"

"是的，大哥！来，我们谈谈。"

立秋将锄头停住。

"你爹爹呢?"

"在那边挑草皮子,还有少普。"

"你们这几天怎样过门的呀?"

"还不是苦,今天家里已经没有人编斗笠,我们三个都下田了。昨晚,爹爹跑到何八那里求借了一斗豆子回来,才算是把今天下田的一餐弄饱了,要不然……"

"还好还好!何八的豆子还肯借给你们!"

"谁愿意去借他的东西!妈妈的,我爹爹不知道说了多少好话!磕了头!又加了价!……唉!大哥,你们呢?"

"一样地不能过门啊!"

沉静了一刹那。癞大哥又恢复了他那种经常微笑的面容,向立秋点头了一下:

"晚上我们再谈吧,立秋!"

"好的。"

癞大哥匆匆走后,立秋的锄头,仍旧不住地在田边挥动,一条决口又一条决口。太阳高高地悬在当空,像是告诉着人们已经到了正午。大半年来不曾听见过的歌声,又悠扬地交响着。人们都拖着疲倦的身子回来,很少的屋顶上,能有缕缕的炊烟冒出。

云普叔浑身都发痛了,虽然昨天只

挑了二三十担草皮子,肩和两腿的骨髓中间,像着了无数的针刺,几乎终夜都不能安眠。天亮爬起来,走路还是一阵阵地酸软。然而,他还是镇静着,尽量地在装着没事的样子,生怕儿子们看见了气馁!

"到底老了啊!"他暗自地伤心着。

立秋从里面捧出两碗仅有的豆子来摆在桌子上,香气把云普叔的口水都馋得欲流出来。三个人平均分配,一个只吃了上半碗,味道却比平常的特别好吃。半碗,究竟不知道塞在肚皮里的哪一个角角儿。

勉强跑到田中去挣扎了一会儿,浑

身就像驮着千斤闸一般地不能动弹。连一柄锄头,一张耙,都提不起来了,眼睛时时欲发昏,世界也像要天旋地转了一样。兜了三个圈子,终于被肚子驱逐回来。

"这样子下去,怎么得了呢?"

孩子和大人都集在一块,大大小小的眼睛里通通冒出血红的火焰来。互相地怅望了一会儿,都觉得没有什么好说的话。

"天哪!……"

云普叔咬紧牙关,鼓起了最后的勇气来,又向何八爷的庄上走去。路上,他想定了这一次见了八爷应当怎样地向他开口,一步一步地打算得妥帖了,然后走进那座庄门。

"你到底有什么事情呢,云普?"

八爷坐在太师椅上问。

"我,我,我……"

"什么?……"

"我想再向八爷……"

"豆子吗?那不能再借给你了!垄上这么多人口,我单养你一家!"

"我可以加利还八爷!"

"谁希罕你的利,人家就没有利吗?那不能行呀!"

"八爷!你老人家总得救救我,我们一家大小已经……"

"去，去！我哪里管得了你这许多！去吧！"

"八爷，救救我！……"

云普叔急的哭出声来了。八爷的长工跑出来，把他推到大门外。

"号丧！你这老鬼！"

长工恶狠狠地骂了一句，随即把大门掩上了。

云普叔一步挨一步地走回来，自怨自艾地嘟哝着：为什么不遵照预先想定的那些话，一句一句地说出来，以致把事情弄得没有一点结果。目前的难关，还有什么方法能够渡过呢。

走到四方塘的口上，他突然地站住

了脚，望了一望这油绿色的池塘。要不是丢不下这大大小小的一群，他真想就是这么跳下去，了却他这条残余的生命！

云普婶和孩子们倚立在祠堂的门口，盼望着云普叔的好消息。饥饿燃烧着每个人的内心，像一片狂阔的火焰。眼睛红得发了昏，巴巴地，还望不见带着喜信回来的云普叔。

天哪！假如这个时候有一位能够给他们吃一顿饱饭的仙人！

镜清秃子带了一个满面胡须的人走进屋来，云普叔的心中，就像有千万把利刀在那儿穿钻。手脚不住地发抖，眼泪一串一串地滚下来。让进了堂屋，随便地拿了一条板凳给他们坐下，自己另外一边站着。云普婶还躲在里面没有起来，眼睛早已哭得红肿了。孩子们，小的两个都躺着不能爬起来，脸上黄瘦得同枯萎了的菜叶一样。

立秋靠着门边，少普站在哥哥的后面，眼睛都湿润润的。他们失神地望了一望这满面胡须的人，随即又把头转向另一方面去。

沉寂了一会儿，那胡子像耐不住似的：

"镜清，那孩子现在在哪里呢？"

"还在里面啊！十岁，名叫英英姐。"

秃子点点头,像叫他不要性急。

云普婶从里面踱出来,脚有一千斤重,手中拿着一身补好了的小衣裤,战栗得失掉了主持。一眼看见秃子,刚刚喊出一声"镜清伯!……"便哇的一声,迸出了两行如雨的眼泪来,再说不出一句话了。云普叔用袖子偷偷地扪着脸。立秋和少普也垂头呜咽地饮泣着!

秃子慌张了,急急地瞧了那胡子一眼,回头对云普婶安慰似的说:

"嫂嫂!你何必要这样伤心呢?英英同这位夏老爷去了,还不比在家里好吗!吃的穿的,说不定还能落得一个好主子,享福一生。桂生家的菊儿,林道三家的桃秀,不都是好好地去了吗?并且,夏老爷……"

"伯伯!我,我现在是不能卖了她的!去年我们讨米到湖北,那样吃苦都没有肯卖。今年我更加不能卖了,她,我的英儿,我的肉!呜!……"

"哦!"

夏胡子盯了秃子一眼。

"云普!怎么?变了卦吗?昨晚还说得好好的。……"秃子急急地追问云普叔。话还没有说完,云普婶连哭带骂地向云普叔扑来了:

"老鬼!都是你不好!养不活儿女,做什么鸡巴人!没有饭吃了来设法卖我的女儿！你自己不死！老鬼，来！大家拼死了落得一个干净，想卖我女儿万万不能！"

"妈妈的！你昨晚不也说过了吗？又不是我一个人作主的。秃子，你看她泼不泼！"云普叔连忙退了几步，脸上满糊着眼泪。

"走吧！镜清。"

夏胡子不耐烦似的起身说。秃子连忙把他拦住了：

"等一等吧，过一会儿她就会想清的。来！云普，我和你到外面去说几句话。"

秃子把云普叔拉走了。云普婶还是

呜呜地哭闹着。立秋走上来扶住了她，坐在一条短凳子上。他知道，这场悲剧构成的原因并不简单，一家人足足的有三天没有吃东西了。斗笠没有人要，田中的耕种又不能荒芜。所以昨晚镜清秃子来游说的时候，他并没有表示如何激烈的反对。虽然他伤心妹子，不愿意妹子卖给人家，可是，除此以外，再没有方法能够解救目前的危急。他在沉痛的矛盾心理中，憧憬一终夜，他不忍多看一眼那快要被卖掉的妹子，天还没有亮，他就爬起来。现在，母亲既然这样地伤心，他还有什么心肝敢说要把妹子卖掉呢？

"妈妈,算了吧!让他们走好了。"

云普婶没有回答。秃子和云普叔也从头门口走进来,大家又沉默了一会儿。

"嫂嫂!到底怎么办呢?"秃子说。

"镜清伯伯呀!我的英英去了她还能回来吗?"

"可以的,假如主子近的话。并且,你们还可以常常去看她!""远呢?"

"不会的哟!嫂嫂。"

"都是这老鬼不好,他不早死!……"

英英抱着四喜儿从里面跑出来了,很惊疑地接触了这个奇异的环境!随手将四喜儿交给了妈妈,瞪着一双圆溜溜的眼睛四围张望。

大家又是一阵心痛,除了镜清秃子和夏胡子以外。

"就是她吗?"夏胡子被秃子绊了一下,望着英英说。

几番谈判的结果,夏胡子一岁只肯出两块钱。英英是十岁,二十块。另外双方各给秃子一块钱的介绍费。

"啊啊!这是一个什么世界哟!"

十九块雪白的光洋,落到云普叔的手上,他惊骇得同一只木头鸡一样。用袖子尽力地把眼泪擦干,仔细地将洋钱看了一会儿。

"天啊!这洋钱就是我的宝宝英英吗?"

云普婶把挂好了的一套衣裤给英英换上,告诉她是到夏伯伯家中去吃几天饭就转来,然而英英的眼泪究竟没有方法止住。

"妈妈,我明天就可以回来吗?我不要一个人吃饱饭啊!"

大家都目不转睛地噙着泪水对英英注视着。再多看一两眼吧,这是最后的相见啊!

秃子把英英带走,云普婶真的发了疯,几回都想追上去。远远地还听到英英回头叫了两声:

"妈妈呀!我不要一个人吃饱饭!"

"我明天就要转来的呀!"

"……"

生活暂时地维持下来了,十九块钱,只能买到两担多一点谷,五个人,可够六七十天的吃用。新的出路,还是欲靠父子们自己努力地开拓出来。

清明泡种期只差三天了,垄上都没有一家人家有种谷,何八爷特为这件事亲自到县库里去找太爷去商量。不及时下种,秋季便没有收成。

大家都伫望着何八爷的好消息,不过这是不会失望的,因为年年都借到了。县太爷自己也明白:"官出于民,民出于土!"种子不设法,一年到了头大家都捞不着好处的。所以何八爷一说就很快地答应下来了。发一千担种谷给曹家垄，由何八爷总管。

"妈妈的，种谷十一块钱一担，还要四分利，这完全是何八这狗杂种的盘剥！"

每个人都是这样地愤骂，每个都在何八爷庄上挑出谷子来。

生活和工作，加紧地向这农村中捶击起来。人们都在拼命地挣扎，因为他们已将一切的希望，完全寄托在这伟大的秋收。

四

插好田，刚刚扯好二头草，天老爷

又要和穷人们作对。一连十多天不见一点麻麻雨,太阳悬在空中,像一团烈火一样。田里没有水了,仅仅只泥土有些湿润的。

卖了女儿,借了种谷,好容易才把田插好,云普叔这时候已经忙碌得透不过气来,肥料还没有着落,天又不肯下雨了,实在急人!假如真的要闹天干的话,还得及早准备一下哩!

他吩咐立秋到戏台上把车叶子取下,修修好。再过三天没有雨,不车水是不可能的事啊!

人们心中都祈祷着:天老爷啊,请你老人家可怜我们降一点儿雨沫吧!

一天，两天，天老爷的心肠也真硬！人们的祈祷，他竟假装没有听见，仍旧是万里无云。火样的太阳，将宇宙的存在都逗引得发了暴躁。什么东西，在这个时候，也都现出了由干热而枯萎的象征。田中的泥土干涸了，很多的已经绽破了不可弥缝的裂痕，张开着，像一条一条的野兽的口，喷出来阵阵的热气。

实在没有方法再挨延了，张家坨、新渡口都有了水车的响声，禾苗垂头丧气地在向人们哀告它的苦况。很多的叶子已经卷了筒。去年大水留下来的苦头还没有吃了，今年谁还肯眼巴巴地望着它干死呢！就拼了性命也是要挣扎一下子的啊!

吃了早饭,云普叔亲自肩着长车,立秋扛了车架,少普提着几串车叶子,默默地向四方塘走来。太阳晒在背上,只感到一阵热热的刺痛,连地上的泥土,都烫得发了烧。

"妈妈的!怎么这样热。"

四面都是水车声音,池塘里的水,尽量在用人工转运到田中去。云普叔的车子也安置好了。三个人一齐踏上,车轮转动着,水都由车箱子里爬出来,争先恐后地向田中飞跑。

汗从每一个人的头顶一直流到脚跟。太阳看看移到了当顶,火一般地燎烧着大地。人们的口里，时常有缕缕的青烟冒出。脚下也渐渐地沉重了，水车踏板就像一块千斤重的岩石，拼性命都踏不下来。一阵阵的酸痛，由脚筋传布到全身，到脑顶。又像是有人拿着一把小刀子在那里割肉挖筋一般的难过。尤其是少普，在他那还没有发育得完全的身体中，更加感受着异样的苦痛。云普叔又何尝不是一样呢？衰老的几根脚骨头，本来踏上三五步就有些挨不起了的，然而，他不能气馁呀！老天爷叫他吃苦，死也得去！儿子们的勇气，完全欲靠他自己鼓起来。况且，今天还是头一次上紧，他怎么好自己首先叫苦呢？无论如何受罪，都得忍受下来哟！

"用劲呀，少普！……"

他常常是这样地提醒着小的儿子，自己却咬紧牙关地用力踏下去。真是痛的忍不住了，才将那含蓄着很久了的眼泪流出来，和着汗珠儿一同滴下。

好容易云普婶的午饭送来了，父子们都从车上爬下来。

"天啊！你为什么偏偏要和我们穷人作对呢？"

云普叔抚摸着自己的腿子。少普哭丧脸地望着他的母亲：

"妈妈，我的这两条腿子已经没有用了呢！"

"不要紧的哟！现在多吃一点饭，下午早些回来，憩息一会，就会好的。"

少普也没有再作声，顺手拿起一只碗来盛饭吃。

连日的辛劳，云普叔和少普都弄得同跛脚人一样了。天还一样的狠心！一天功夫车下来的水，仅仅只够维持到一天禾苗的生命。立秋算是最能得力的人了，他没有感到过父亲和弟弟那般的苦痛。然而，他总是懒懒地不肯十分努力做功夫，好像车水种田，并不是他现在应做的事情一样。常常不在家，有什么事情要到处去寻找。因此使云普叔加倍地恼恨着："这是一个懒精！忤逆不孝的杂种！"

月亮从树尖上涌出来，在黑暗的世界中散布了一片银灰色的光亮。夜晚并没有白天那般炎热，田野中时常有微风吹动。外面很少有纳凉的闲人，除了妇人和几个孩子。

人们都趁着这个风清月白的夜晚来加紧他们的工作。四面水车的声音，杂和着动人的歌曲，很清晰的可以送入到人们的耳鼓中来。夏夜是太适宜于农人们的工作了，没有白昼的嚣张、炎热、喧扰……

云普叔又因为寻不着立秋，暴躁得

像一条发了狂的蛮牛一样。吃晚饭时曾好好地嘱咐他过,今夜天气很好,一定要做做夜工,才许再跑到外面去。谁知一转眼就不看见人,真把云普叔的肚皮都气破了。近来常有一些人跑来对云普叔说:立秋这个孩子变坏了,不知道他天天跑出去,和癫老大他们这班人弄做一起干些什么勾当。个个都劝他严厉地管束一下,以免弄出大事。云普叔听了,几回硬恨不得把牙门都咬碎下来。现在,他越想越暴躁,从上村叫到下村,连立秋的影子都没有看到。他回头吩咐少普先到水车上去等着他,假如寻不到的话,光老小两个也是要车几线水上田的。于是他重新地把牙根咬紧,准备去和这不孝的东西拼一拼老性命。

又兜了三四个大圈子还没有寻到,只好气愤愤地走回来。远远地,忽然听到自己的水车声音响了,急忙赶上去,车上坐的不正是立秋和少普吗?他愤恨得说不出一句话来,半晌,才下死劲地骂道:

"你这狗入的杂种!这会子到哪里收尸去了?"

"噎!我不是好好地坐在这里车水吗?"立秋很庄严地回答着。

"妈妈的!"

云普叔用力地盯了他一眼,随即自

己也爬上来，踏上了轮子。

月亮由村尖升到了树顶，渐渐地向西方斜落！田野中也慢慢地慢慢地沉静了下来。

东方已经浮上了鱼肚色的白云，几颗疏散的星儿，还在天空中挤眉弄眼地闪动。雄鸡啼过两次了，云普叔从黑暗里爬起来，望望还没有天亮，悠长地舒了一口冷气。日夜的辛劳，真使他有些感到支持不住了。周身的筋骨，常常在梦中隐隐地作痛。但他无论如何也不肯懈怠一刻功夫，或说几句关于疲劳痛痒的话。因为他怕给儿子们一个不好的印象。

生活鞭策着他劳动，他是毫不能怨尤的哟！现在他算是已经把握到一线新的希望了：他还可以希望秋天，秋天到了，便能实现他所梦想的世界！

现在，他不能不很早就爬起来啦。这还是夏天，隔秋天，隔那梦想的世界还远着哩！

孩子们正睡得同猪猡一样。年轻人在梦中总是那么甜蜜哟！他真是羡慕着。为了秋收，为了那个梦想的世界，虽然天还没有十分发亮，他不得不忍心地将儿子们统统叫起来：

"起来哟，立秋！"

"……"

"少普,少普!起来哟!"

"什么事情呀?爹!天还没有亮哩!"少普被叫醒了。

"天早已亮了,我们车水去!"

"刚刚才睡下,连身子都没有翻过来,就天亮了吗?唔!……"

"立秋!立秋!"

"……"

"起来呀!……"

"唔!"

"喂!起来呀!狗入的东西!"

最后云普叔是用手去拖着每一儿子的耳朵,才把他们拉起来的。

"见鬼了,四面全是黑漆漆的!"

立秋揉揉眼睛，才知道是天还没有光，心中老大不高兴。

"狗杂种！叫了半天才把你叫起来，你还不服气吧！妈妈的！"

"起来！起来！不知道黑夜里爬起来做些什么事？拼死了这条性命，也不过是替人家当个奴隶！"

"你这懒精！谁作人家的奴隶？"

"不是吗？打禾下来，看你能够落到手几粒捞什子？"

"鬼话！妈妈的，难道会有一批强盗来抢去你的吗？你这个咬烂鸡巴横嚼的杂种！你近来专在外面抛尸，家中的什么事情都不要管！只晓得发懒筋，你变了！狗东西！人家都说你专和癫老大他们在一起鬼混！你一定变做了什么××党！……"

云普叔气急了，恨不得立刻把儿子抓来咬他几口出气。声音愈骂愈大了。云普婶也被他惊醒来：

"半夜三更闹什么呀，老头子？儿子一天辛苦到晚，也应该让他们睡一睡！你看，外边还没有天亮哩！"

"都是你这老猪婆不好，养下这些淘气杂种来！"

"老鬼！你骂谁啊？"

"骂你这偏护懒精的猪婆子！"

"好！老鬼，你发了疯！你恶他们，

你把他们一个一个都拿去杀掉好了，何必要这样地来把他们慢慢地磨死呢？要不然，把他们统统都卖掉，免得刺痛了你的眼睛。半夜里，天南地北的吵死？"

云普叔暴躁得发了疯，他觉得老婆近来更加无理地偏护着孩子，丝毫不顾及到家中的生计：

"你这猪婆疯了！你要吃饭吗？你！……"

"好！我是疯了！老鬼，你要吃饭，你可以卖女儿！现在你又可以卖儿子。你还我的英英来！老鬼，我的命也不要了！……啊啊啊！……"

"好泼的家伙，你妈妈的！……"

"老忘八！老贼！你自己没有能力就不要养儿女，养大了来给他们作孽。女的好卖了，男的也要逼死他们，将来只剩了你这老忘八！我的英英！老贼，你找回来！啊啊啊！……"

她连哭带骂地向着云普叔扑来，想起了英英，她恨不得把云普叔一口吞掉。

"妈妈的！英英，英英，又不是单为了我一个！"

云普叔连忙躲开她，想起英英来，眼泪也不由自主地掉下了。

"还我的英英，你这老鬼！啊啊！……"

"……"

"啊啊啊！……"

"……"

东方发白了。儿子木鸡一般地站着。听见爹爹妈妈提及了妹子，也陪着流下几阵酸痛的眼泪来。

天色又是一样的晴和。立秋偷偷地扯了少普一下，提起锄耙就走。云普叔也带着懊恼伤痛的面容，一步一拖地跟出了大门。

"啊啊啊！……"

晨风在田野中掠过，油绿色的禾苗，掀起了层层的浪涛，人们都感到一阵清晨特有的凉意。

"今天车哪一方呢？"

"妈妈的，到华家堤去！"

五

"立秋！你的心不诚，不要你抬！"

"云普叔顶万民伞，小二疤子打锣！"

"吹唢呐的没有，王老大你的唢呐呢？"

"妈妈的！好像是哪一个人的事一样，大家都不肯出力，还差三个轿夫。"

"我来一个。高鼻子大爷！"

"我也来！"

"我也来一个！"

"好了，就是你们三个吧！大家都洗

丰收

叶紫 著

《丰收》
人民文学出版社 1962 年版

一个脸。小二疤子,着实洗干净些,菩萨见怪!"

"打锣!把唢呐吹起来!"

"打锣呀!小二疤子听见没有?婊子的儿子!"

"当!当!当!……"

"呜咧啦!……"

几十个人蜂拥着关帝爷爷,向田野中飞跑去了。

二十多天没有看见一点云影子,池塘里,河里的水都干透了,田中尽是几寸宽的裂口,禾叶大半已经卷了筒。这样再过三四天,便什么都完了。

关帝爷爷是三天前接来的。杀了一

条牛,焚了斤半檀香,还是没有一点雨意。禾苗倒烊倒得更加多了。

所以,大家都觉得菩萨不肯发雨下来,一定是有什么缘故。几个主祭的首事集合起来商量了很久,求了无数支签,叩了千百个头,卦还是不能打顺。

"那么今年不完了吗?"

"高鼻子大爹,不要急!我们且把菩萨抬到外面去跑一路,看他老人家见了这个样子心中忍也不忍?"

"好的!也许菩萨还没有看见田中的情况吧!大前年天干,也是请菩萨到外面去兜了一个圈子才下雨的。云普,你去叫几个小伙子来!还有锣鼓唢呐!"

"啊!"

很快地,便把临时的队伍邀齐了。高鼻子大爹在前面领队,第二排是旗锣鼓伞,菩萨的绿呢大轿跟在后头。

从新渡口华家堤,一直弯到红庙,兜了四五个圈子回来,太阳仍旧是同烈火一样,烫得浑身发烧。地上简直热得不能落脚。四面八方都是火,人们是在火中颠扑!

雨一点还没有求下来,菩萨反被磨子湾抬去了。处处都忙着抬菩萨求雨哩!

"天老爷呀!一年大水一年干,究竟欲把我们怎么办呢?"

风色陡然变了,由东北方吹来呼呼地响着。没有星光也没有月亮,很多的人都站在屋外看天色。

"那方扯闪子哩!"

"东扯西合,有雨不落。"

"那是北方呀!"

"好了!南扯火门开,北扯有雨来!今夜该有点雨下吧,天哪!……"

"总要求天老爷开恩啦!"

"还不是,我们又都没有做过恶人,天老爷难道真的要将我们饿死?"

"不见得吧!"

大家喧嚷一会儿之后,屋顶上已有了滴沥的声音,人们只感到一阵凉意。

每一滴雨声,都像是打落在开放的心花上。

"这真是天老爷的恩典啦!"

横在人们心中的一块巨石,现在全被雨点溶化了。随即,便是暴风雨的降临!

雷跟在闪电的后面发脾气。

大雨只下了一日夜,田中的水又饱满起来。禾苗都得了救,卷了筒子的禾叶边开展了,像少女们解开着胸怀一样地迎风摆动。长,很迅速地在长,这正是禾苗飞长的时候啊!每个人都默祷着:再过二十来天不出乱子,就可以看到粒粒的黄金，那才算是到了手的东西哩。

雨只有西南方上下得特别久，那边的天是乌黑的。恐怖像大江的波浪，前头一个刚刚低落下去，后面的一个又涌上来。西南方上的雨太下大了，又要耽心水患。种田人真是一刻儿也不能安宁啊！

西水渐渐地向下流膨胀，然而很慢。堤局只派了一些人在堤岸上逡巡。光是西水没有南水助势，大家都可不必把它放在心上。让它去高涨吧！

一天，两天，水总是涨着。渐渐地差不多已经平了堤面了，云普叔也跟着大家着起急来：

"怎么!光是西水也有这么大吗?"

人们都同样的嚷着:

"哎哟!大家还是来防备一下吧!千万不要又和去年一样呀。"

去年的苦痛告诉他们,水灾是要及早防务的哟!锣声又响了,一批一批的人都扛着锄头被絮,向堤边跑去!

"哪一个家里有男人不出去来上堤的,他妈妈的拖出来打死!"云普叔忙得满头是汗地说,"连堂客们都不许躲着,妈妈的,今年要再和去年一样,一个也别想活!……"

"大家都挡堤去呀!"

"当!当!当!……"

夜晚上，火把灯笼像长蛇一样地摆在堤上，白天里沿岸都是骚动的人群。团防局里的老爷们，骑着马，带着一群副爷往来的巡视着，他们负有维持治安的重大责任，尤恐这一群人中间，潜伏着有闹事的暴徒份子，这是不能不提防的。

"妈妈的，作威作福的贱狗，吃了我们的粮没有事做，日夜打主意来害我们！一个个都安得……"

"我恨不得咬下这些狗人的几块肉！总有一天老子……"

多数被团防加害过的人，让他们走过之后，都咬牙切齿地暗骂着。很远了，立秋还跟在他们的后面装鬼脸儿。

水仍旧是往上涨,有些已经漂过了堤面。黄黄的水,是曾劫夺过人们的生命的,大家都对它怀着巨大的恐怖。眼睛里都有一把无名的烈火,向这洪水掷投。

"只要南水不再下来就好了!"

人们互相地安慰着。锄头铲耙,还是不住地加工。

水停住了!

突然地,有些地方在倒流,当有人把几处倒流的地方指出来的时候,人群中间,立刻开始了庞大的骚动。

"哪里倒流?"

"兰溪小河口吗?"

"该死!一个也活不成!"

"天啦!你老人家真正要把我们活活地弄死吗?……"

"关帝爷爷呀!今年要再和去年一样……"

南水涨了,西水受着南水的胁迫,立即开始了强烈的反攻,双方冲突的结果,是不断的向上膨胀!

锣声响得紧!人们心中还没有弥缝的创口,又重新地被这痛心的锣锤儿敲得四分五裂,连孩子妇人都跑到堤边去用手捧着一合一合的泥土向堤上堆。老年人和云普叔一道的,多数已经跪下来了：

"天哪！救苦救难的观世音菩萨呀！今年的大水实在再来不得了啊！"

"盖天古佛！你老人家保过了这场水灾，准还你十本大戏！……"

"天收人啦！"

"……"

经过了两日夜拼命的挣扎，每个人的眼睛里都暴出了红筋。身体像弹熟了的软棉花一样，随处倒落。西水毕竟是过渡了汹涌的时期，经不起南水的一阵反攻，便一泻千里地崩溃下去了！于是南水趁势地顺流下来，一些儿没有阻碍。

水退了！

千万颗悬挂在半空中的心,随着洪水的退落而放下。每个人都张开了口,吐出了一股恶气。提起锄头被絮,拖着软棉花似的身子,各别地踏上了归途。脸上,都挂上着一丝胜利的微笑。

"喂!癞大哥,夜里到我这里来谈天啊!"

立秋在十字路上分岔时对癞老大说。

六

生活和工作,双管齐下地夹攻着这整个的农村。当禾苞标出线来时,差不多每个农民都在拼着他们的性命。过了这严重的一二十天,他们便全能得救!

家中虽然没有一粒米了,然而云普叔的脸上却浮上着满面的笑容。他放心了,经过了这两次巨大的风波,收成已经有了九成把握。禾苗肥大,标线结实,是十多年来所罕见的好,穗子都有那样长了。眼前的世界,所开展在云普叔面前的尽是欢喜,尽是巨大的希望。

然而云普叔并没有作过大的幻想,他抓住了目前的现势来推测二十天以后的情形那是真的。他举目望着这一片油绿色的原野,看看那肥大的禾苗,一线一线快要变成黄金色的穗子,几回都疑是自己的眼睛发昏,自己在做梦。然而穗子禾苗，一件件都是正确地摆在他的面前，他真的欢喜得快要发疯了啊！

"哈哈！今年的世界，真会有这样的好吗？"

过去的疲劳，将开始在这儿作一个总结了：从下种起，一直到现在，云普叔真的没有偷闲过一刻功夫。插田后便闹天干，刚刚下雨又吓大水，一颗心像七上八下的吊桶一般地不能安定。身子疲劳得像一条死蛇，肚皮里没有充过一次饱。以前的挨饿现在不要说，单是英英卖去以后，家中还是吃稀饭的。每次上田，连腿子都提不起，人瘦得像一堆枯骨。一直到现在，经过这许多许多的恐怖和饥饿，云普叔才看见这几线长长的穗子，他怎么不欢喜呢？这才是算得到了手的东西呀，还得仔细地将它盘算一下哩！

开始一定要饱饱地吃它几顿。孩子们实在饿得太可怜了，应当多弄点菜，都给他们吃几餐饱饭，养养精神。然后，卖几担出去，做几件衣服穿穿，孩子们穿得那样不像一个人形。过一个热热闹闹的中秋节。把债统统还清楚。剩下来的留着过年，还要预备过明年的荒月，接新……

立秋少普都要定亲，立秋简直是处处都表示需要堂客了。就是明年下半年吧,给他们每个都收一房亲事,后年就可养孙子,做爷爷了……

一切都有办法,只少了一个英英,这真使云普叔心痛。早知今年的收成有这样好,就是杀了他也不肯将英英卖掉啊!云普叔是最疼英英的人,他这许多儿女中只有英英最好,最能孝顺他。现在,可爱的英英是被他自己卖掉了啦!卖给那个满脸胡须的夏老头子了,是用一只小划子装走的。装到什么地方去了呢?云普叔至今还没有打听到。

英英是太可怜了啊!可怜的英英从此便永远没有了下落。年岁越好,越有饭吃,云普叔越加伤心。英英难道就没有坐在家中吃一顿饱饭的福命吗?假如现在英英还能站在云普叔面前的话,他真的想抱住这可怜的孩子号啕大哭一阵!天呵!然而可怜的英英是找不回来了,永远地找不回来了!留在云普叔心中的,只有那条可怜的瘦小的影子,永远不可治疗的创痛!

还有什么呢?除此以外,云普叔的心中只是快乐的,欢喜的,一切都有了办法。他再三地嘱咐儿子,不许谁再提及那可怜的英英,不许再刺痛他的心坎!

家里没有米了,云普叔丝毫也没有着急,因为他已经有了办法,再过十多天就能够饱饱地吃几餐。有了实在的东西给人家看了,差了几粒吃饭谷还怕没有人发借吗?

何八爷家中的谷子,现在是拼命地欲找人发借,只怕你不开口,十担八担,他可以派人送到你的家中来。价钱也没有那样昂贵了,每担只要六块钱。

李三爹的家里也有谷子发借。每担六元,并无利息,而且都是上好的东西。

垄上的人都要吃饭,都要渡过这十几天难关,可是谁也不愿意去向八爷或三爹借谷子。实在吃得心痛,现在借来一担,过不了十多天,要还他们三担。

还是硬着肚皮来挨过这十几天吧!

"这就是他们这班狗杂种的手段啦!他们妈妈的完全盘剥我们过生活。大家要饿死的时候,向他们叩头也借不着一粒谷子,等到田中的东西有把握了,这才拼命地找人发借。只有十多天,借一担要还他们三担。这班狗杂种不死,天也真正没有眼睛。……"

"高鼻子大爹,你不是也借过他的谷子吗?哼!天才没有眼睛哩!越是这种人越会发财享福!"

"是的呀!天是不会去责罚他们的,要责罚他们这班杂种,还得依靠我们自己来!"

"怎样靠自己呢?立秋,你这话里倒

有些玩意儿,说出来大家听听看!"

"什么玩意儿不玩意儿,我的道理就在这里:自己收的谷子自己吃,不要纳给他们这些狗杂种的什么捞什子租,借了也不要给他们还去!那时候,他还有什么道理来向我们要呢?"

"小孩子话!田是他家的呀!"二癞子装着教训他的神气。

"他家的?他为什么有田不自己种呢?他的田是哪里来的?还不是大家替他做出来的吗?二癞子你真蠢啊!你以为这些田真是他的吗?"

"那么,是哪个的呢?"

"你的,我的!谁种了就是谁的!"

"哈哈!立秋!你这完全是十五六年时农民会上的那种说法。你这孩子,哈哈!"

"高鼻子大爹,笑什么?农民会你说不好吗?"

"好,杀你的头!你怕不怕?"

"怕什么啊!只要大家肯齐心,你没有看见江西吗?"

"齐心!你这话是很有道理的,不过,哈哈!……"

高鼻子大爹,还有二癞子、壳壳头、王老六大家和立秋瞎说一阵之后,都相信了立秋的话儿不错。民国十六年的农民会的确是好的;就可惜没有弄得长久,而且还有许多人吃了亏。假如要是再来一个的话,一定硬要把它弄得久长一些啊!

"好!立秋,还有团防局里的枪炮呢?"

"咄!到了那个时候,我们就不好把他妈妈的缴下来吗?"

儿子整天地不在家里,一切都要云普叔自己去理会。家中没有米了,不得不跑到李三爹那里去借了一担谷子来。

"你家里五六个人吃茶饭,一担谷就够了吗?多挑两担去!"

"多谢三爹!"

云普叔到底只借了一担。他知道,

多吃一担,过不了十来天就要还三担多。没有油盐吃,曹炳生店里也可以赊账了。肉店里的田麻拐,时常装着满面笑容地来慰问他:

"云普哥,你要吃肉吗?"

"不要啊,吃肉还早哩。"

"不要紧的,你只管拿去好了!"

云普叔从此便觉得自己已经在渐渐地伟大,无论什么人遇见了他,都要对他点头微笑地打个招呼。家中也渐渐地有些生气了。就只恨自己的儿子不争气,什么事都要自己操心。妈妈的,老太爷就真的没有福命做吗?

穗子一天一天地黄起来,云普叔脸

上的笑容也一天一天地加厚着。他真是忙碌啊！补晒簟，修风车。请这个来打禾，邀那个来扎草，一天到晚，他都是忙得笑迷迷的。今年的世界确比往年要好上三倍，一担田，至少可以收三十四五担谷。这真是穷苦人走好运的年头啊！

去年遭水灾，就因为是堤修得不好，今年首先最要紧的是修堤。再加厚它一尺土吧，那就什么大水都可以不必担心事了。这是种田人应尽的义务呀！堤局里的委员早已来催促过。

"曹云普，你今年要出八块五角八分的堤费啦！"

"这是应该的，一石多点谷！打禾后

我亲自送到局里来！劳了委员先生的驾。应该的，应该的！……"

云普叔满面笑容地回答着。堤不修好，免不了第二年又要遭水灾。

保甲先生也衔了团防局长的使命，来和云普叔打招呼了：

"云普叔，你今年缴八块四角钱的团防捐税啦！局里已经来了公事。"

"怎么有这样多呢？甲老爷！"

"两年一道收的！去年你缴没有缴过？"

"啊！我慢慢地给你送来。"

"还有救国捐五元七角二，剿共捐三元零七。"

"这！又是什么名目呢？甲，甲老爷！"

"咄！你这老头子真是老糊涂了！东洋鬼子打到北京来了，你还在鼓里困。这钱是拿去买枪炮来救国打共匪的呀！"

"啊呀！……晓得，晓得了！我，我，我送来。"

云普叔并不着急，光是这几块钱，他真不放在心上。他有巨大的收获，再过四五天的世界尽是黄金，他还有什么要着急的呢？

七

儿子不听自己的指挥，是云普叔终

身的恨事。越是功夫紧的当口，立秋总不在家，云普叔暴躁得满屋乱跑。他始终不知道儿子在外面干些什么勾当。大清早跑出去，夜晚三更还不回来。四方都有桶响了，自家的谷子早已黄熟得滚滚的，再不打下来，就会一粒粒地自行掉落。

"这个狗养的，整天地在外面收尸！他也不管家中是在什么当口上了。妈妈的！"

他一面恨恨地骂着，一面走到大堤上去想兜一张桶①。无论如何，今天的

---

① 桶：即打禾桶，四方的，很大，四个人支持一张桶，两人割稻，两人打稻，"兜一张桶"，就是说叫四个打稻的人来。——原注

日脚好,不响桶是非常可惜的事情。本来,立秋在家,父子三个人还可勉强地支持一张跛脚桶①,立秋不回来就只好跑到大堤上去叫外帮打禾客。

打禾客大半是由湘乡那方面来的,每年的秋初总有一批这样的人来:挑着简单的两件行李,四个一伴四个一伴地向这滨湖的几县穿来穿去,专门替人家打禾割稻子,工钱并不十分大,但是要吃一点儿较好的东西。

云普叔很快地叫了一张桶。四个彪形大汉,肩着憔悴的行囊跟着他回来了。

---

① 跛脚桶:即不够四个人,像跛脚的意思。——原注。

丰收

响桶时太阳已经出了两丈多高,云普叔叫少普守在田中和打禾客作伴,自己到处去寻找立秋。

天晚了,两斗田已经打完,平白地花了四串打禾工钱。立秋还是没有寻到,云普叔更焦急得无可如何了。收成是出于意外的丰富,两斗田竟能打到十二担多毛谷子。除了恼恨儿子不争气以外,自己的心中倒是非常快活的。

叫一张外帮桶真是太划不来的事情啊!工钱在外,一大碗一大碗的白米饭,都给这些打禾客吃进肚里去了,真使云普叔看得眼红。想起过去饥饿的情形来,恨不得把立秋抓来活活地摔死。明天万万不能再叫打禾客了,自己动手,和少普两个人,一天至少能打几升斗把田。

夜深了,云普叔还是不能入梦。仿佛听到了立秋在耳边头和人家说话。张开眼睛一看,心中立刻冒出火来:

"你这杂种!你,你也要回来呀!妈妈的,家中的事情你一点都不管,剩下我这个老鬼来一个人拼命!妈妈的,我的命也不想要了!今朝不是鱼死就是网破!老子一定要看看你这杂种的本事!……"

云普叔顺手拿着一条木棍,向立秋不顾性命地扑来。四串工钱和那些白米饭的恶气,现在统统要在这儿发作了。

"云普叔叔,请你老人家不要错怪了他,这一次真是我们请他去帮忙一件事情去了!"

"什么鸡巴事?你,你,你是谁?……癞大哥你难道不知道吗?我家中的功夫这样忙!他妈妈的,他要去收尸!"云普叔气急了,手中的木棍儿不住地战动。

"不错呀!云普伯伯。这回他的确是替我们有事情去了啊!……"又一个说。

"好!你们这班人都帮着他来害我。鸡肚里不晓得鸭肚里的事!你们都知道我的家境吗?你们?……"

"是的,伯伯!他现在已经回来了,明天就可以帮助你老人家下田!"

"下田！做死了也捞不到自己一顿饱饭，什么都是给那些杂种得现成。你看，我们做个要死，能够落得一粒捞什子到手吗？我老早就打好了算盘！"立秋愤愤地说。

"谁来抢去了你的，狗杂种？"

"要抢的人才多呢！这几粒捞什子终究会不够分配的！再做十年八年也别想落得一颗！"

"狗入的！你这懒精偏有这许多辩说，你不做事情天上落下来给你吃！你和老子对嘴！"

云普叔重新地把木棍提起，恨不得一棍子下来，将这不孝的东西打杀！

"好了,立秋,不许你再多说!老伯伯,你老人家也休息一会儿!本来,现在的世界也变了,作田的人真是一辈子也别想抬起头来。一年忙到头,收拾下来,一担一担送给人家去!捐呀!债呀!饷呀!……哪里分得自己还有捞呢?而且市面的谷价这几天真是一落千丈,我们不想个法子是不可能的啊!所以我们……"

"妈妈的!老子一辈子没有想过什么鸡巴法子,只知道要做,不做就没有吃的……"

"是呀!……立秋你好好地服侍你的爹爹,我们再见!"

三四个后生子走后,立秋随即和衣睡下。云普叔的心中,像卡着一块硬磞磞的石子。

从立秋回来的第二天起,谷子一担一担地由田中挑回来,壮壮的,黄黄的,真像金子。

这垄上,没有一个人不欢喜的。今年的收成比往年至少要好上三倍。几次惊恐,日夜疲劳,空着肚皮挣扎出来的代价,能有这样丰满,谁个不喜笑颜开呢?

人们见着面都互相点头微笑着,都会说天老爷有眼睛,毕竟不能让穷人一个个都饿死。他们互相谈到过去的苦况:

水，旱，忙碌和惊恐，以及饿肚皮的难堪！……现在他们全都好了啦。

市面也渐渐地热闹了，物价只在两三天功夫中，高涨到一倍以上。相反地，谷米的价格倒一天一天地低落下来。

六块！四块！三块！一直低落到只有一元五角的市价了，还是最上等的迟谷。

"当真跌得这样快吗？"

欢欣、庆幸的气氛，于是随着谷价的低落而渐渐地消沉下来了。谷价跌下一元，每个人的心中都要紧一把。更加以百物的昂贵，丰收简直比常年还要来得窘困些了。费了千辛万苦挣扎出来的血汗似的谷子,谁愿那样不值钱地将它卖掉呢?

云普叔初听到这样的风声,并没有十分惊愕,他的眼睛已经看黄黄的谷子看昏了。他就不相信这样好好的救命之宝会卖不起钱。当立秋告诉他谷价疯狂地暴跌的时候,他还瞪着两只昏黄的眼睛怒骂道:

"就是你们这班狗牛养的东西在大惊小怪地造谣!谷跌价有什么稀奇呢?没有出大价钱的人,自己不好留着吃?妈妈的,让他们都饿死好了!"

然而,寻着儿子发气是发气,谷价低,还是没有法子制止。一块二角钱一担迟谷的声浪，渐渐地传播了这广大的农村。

"一块二角，婊子的儿子才肯卖！"

无论谷价低落到一钱不值，云普叔仍旧是要督促儿子们工作的。打禾后晒草，晒谷，上风车，进仓，在火烈的太阳底下，终日不停地劳动着。由水泱泱地杂着泥巴乱草的毛谷，一变而为干净黄壮的好谷子了。他自己认真地决定着：这样可爱的救命宝，宁愿留在家中吃它三五年，决不肯烂便宜地将它卖去。这原是自己大半年来的血汗呀！

秋收后的田野，像大战过后的废垒

残墟一样,凌乱的没有一点次序。整个的农村,算是暂时地安定了。安定在那儿等着,等着,等着某一个巨大的浪潮来毁灭它!

八

为着几次坚决的反对办"打租饭",大儿子立秋又赌气地跑出了家门。云普叔除了怄气之外,仍旧是恭恭敬敬地安排着。无论如何,他可以相信在这一次"打租"的筵席上,多少总可以博得爷们一点同情的怜悯心。他老了,年老的人,在爷们的眼睛里,至少总还可以讨得一些便宜吧!

一只鸡,一只鸭子,两碗肥肥的猪肉,把云普叔馋得拖出一线一线的唾沫来。进内换了一身补得规规矩矩了的衣裤,又吩咐少普将大堂扫得清清爽爽了,太阳还没有当空。

早晨云普叔到过何八爷家里,又到过李三爹庄上;诚恳地说明了他的敬意之后,八爷三爹都答应来吃他们一餐饭。堤局里的陈局长也在内,何八爷准许了替云普叔邀满一桌人。

桌上的杯筷已经摆好了,爷们还没有到。云普叔又恭恭敬敬地站在大门口观望了一回,远远地似乎有两行黑影向这方移动了。连忙跑进来,吩咐少普和四喜儿暂时躲到后面去,不要站在外面碍了爷们的眼。四条长凳子,重新地将它揩了一阵,自己觉得没有什么不干净的地方了,才安心地站在门边侍候爷们的驾到。

一路总共七个人,除了三爹八爷和陈局长以外,各人还带了一位算租谷的先生。其他的两位不认识,一个有兜腮胡须的像菩萨,一位漂漂亮亮的后生子。

"云普!你费了力呀!"满面花白胡子,眼睛像老鼠的三爹说。

"实在没有什么,不恭敬得很!只好请三爹,八爷,陈老爷原谅原谅!唉!

老了，实在对不住各位爷们！"

云普叔战战兢兢地回答着，身子几乎缩成了一团。"老了"两个字说得特别的响。接着便是满脸的苦笑。

"我们叫你不要来这些客气，你偏要来，哈哈！"何八爷张开着没有血色的口，牙齿上堆满了大粪。

"八爷，你老人家……唉！这还说得上客气吗？不过是聊表佃户们一点孝心而已！一切还是要请八爷的海量包涵！"

"哈哈！"

陈局长也跟着说了几句勉励劝慰的话，少普才从后面把菜一碗一碗地捧出来。

"请呀!"

筷子羹匙,开始便像狼吞虎咽一样。云普叔和少普二人分立在左右两旁侍候,眼睛都注视着桌上的菜肴。当肥肥的一块肉被爷们吞嚼得津津有味时,他们的喉咙里像有无数只蚂蚁在那里爬进爬出。涎水从口角里流了出来,又强迫把它吞进去。最后少普简直馋得流出来眼泪了,要不是有云普叔在他旁边,他真想跑上去抢一块来吃吃。

像上战场一般地挨过了半点钟,爷们都吃饱了。少普忙着泡茶搬桌子,爷们都闲散地走动着。五分钟后,又重新地围坐拢来。

云普叔垂着头,靠着门框边站着,恭恭敬敬地听候爷们说话。

"云普,饭也吃过了,你有什么话,现在尽管向我们说呀!"

"三爹,八爷,陈老爷都在这里,难道你们爷们还不明白云普的困难吗?总得求求爷们……"

"今年的收成不差呀!"

"是的,八爷!"

"那么,你打算要说些什么呢?"

"我想,想求求爷们!……"

"啊!你说。"

"实在是云普去年的元气伤狠了,一时恢复不起来。满门大小天天要吃这些,云普又没有力量赚活钱，呆板地靠田中过日子。总得要求要求八爷，三爹……"

"你的打算呢？"

"总求八爷高抬贵手，在租谷项下，减低一两分。去年借的豆子和今年种谷项下，也要请八爷格外开恩！……三爹，你老人家也……"

"好了，你的意思我统统明白了，无非是要我们少收你几粒谷。可是云普，你也应当知道呀！去年，去年谁没有遭水灾呢？我们的元气说不定还要比你损伤得厉害些呢！我们的开销至少要比你大上三十倍，有谁来替我们赚进一个活钱呢？除了这几粒租谷以外！……至于去年我借给你的豆子,你就更不能说什么开恩不开恩。那是救过你们性命的东西啦!借给你吃已算是开过恩了,现在你还好意思说一句不还吗?……"

"不是不还八爷,我是想要求八爷在利钱上……"

"我知道呀!我怎能使你吃亏呢?借豆子的不止你一个人。你的能够少,别人的也能够少。这是万万做不到的事情啊!至于种谷,那更不是我的事情,我仅仅经了一下手,那是县库里的东西,我怎么能够做主呢?"

"是的,八爷说的也是真情!云普老了,这次只要求八爷三爹格外开一回恩,下年收成如果好,我决不拖欠!一切沾爷们的光!……"

云普叔的脸色十分地沮丧了,说话时的喉咙也硬酸酸的。无论如何,他要在这儿尽情地哀告。至少,一年的吃用是要求到的。

"不行!常年我还可以通融一点,今年半点也不能行!假使每个人都和你一样的麻烦,那还了得!而且我也没有那许多精神来应付他们。不过,你是太可怜了,八爷也决不会使你吃亏的。你今年除去还捐还债以外,实实在在还能落到手几多?你不妨报出来给我听听看!"

"这还打得过八爷的手板心吗?一共

收下来一百五十担谷子,三爹也要,陈老爷也要,团防局也要,捐钱,粮饷,……"

"哪里只有这一点呢?"

"真的!我可以赌咒!……"

"那么,我来给你算算看!"

八爷一面说着,一面回头叫了那位穿蓝布长衫的算租先生:

"涤新!你把云普欠我的租和账算算看?"

"八爷,算好了!连租谷,种子,豆子钱,头利一共一百零三担五斗六升!云普的谷,每担作价一块三角六。"

"三爹你呢?"

"大约也不过三十担吧!"

"堤局约十来担光景!"陈局长说。

"那么,云普你也没有什么开销不来呀!为什么要这样噜(嗦)呢?"

"哎呀!八爷!我一家老小不吃吗?还有团防费,粮饷,捐钱都在里面!八爷呀!总要你老人家开恩!……"

云普叔的眼泪跑出来了!在这种紧急关头中,他只有用最后的哀告来博取爷们的怜悯心。他终于跪下来了,向爷们像拜菩萨一样地叩了三四个响头。

"八爷三爹呀!你老人家总要救救我这老东西!……"

"唔!……好!云普,我答应你。可

是，现在的租谷借款项下，一粒也不能拖欠。等你将来到了真正不能过门的时候，我再借给你一些吃谷是可以的！并且，明天你就要替我把谷子送来！多挨一天，我便多要一天的利息！四分五！四分五！……"

"八爷呀！"

第二天的清早，云普叔眼泪汪汪地叫起来了少普，把仓门打开。何八爷李三爹的长工都在外面等待着。这是爷们的恩典，怕云普叔一天送去不了这许多，特地打发自家的长工来帮忙挑运。

黄黄的，壮壮的谷子，一担一担地

从仓孔中量出来,云普叔的心中,像有千万利刀在那里宰割。眼泪水一点一点地淌下,浑身阵阵地发颤。英英满面泪容的影子、蚕豆子的滋味、火烈的太阳、狂阔的大水、观音粉、树皮,……都趁着这个机会,一齐涌上了云普叔的心头。

长工的谷子已经挑上肩了,回头叫着云普叔:

"走呀!"

云普叔用力地把谷子挑起来,像有一千斤重。汗如大雨一样地落着!举眼恨恨地对准何八爷的庄上望了一下,两腿才跨出头门。勉强地移过三五步,脚底下活像着了锐刺一般地疼痛。他想放下来停一停,然而头脑昏眩了,经不起一阵心房的惨痛,便横身倒下来了!

"天啦!"

他只猛叫了这么一句,谷子倾翻了一满地。

"少普!少普!你爹爹发痧!"

"爹爹!爹爹!爹爹呀!……"

"云普,云普!"

"妈妈来呀,爹爹不好了!"

云普婶也急急地从里面跑出来,把云普叔抬卧在戏台下的一块门板上,轻轻地在他的浑身上下捶动着:

"你有什么地方难过吗?"

"唔!……"

云普叔的眼睛闭上了。长工将一担一担的谷子从云普叔的身边挑过，脚板来往的声音，统统像踏在云普叔的心上。渐渐地，在他的口里冒出了鲜血来。

保甲正带着一位委员老爷和两个佩盒子炮的大兵闯进来了。后面还跟着五六个备有箩筐扁担的工役。

"怎么！云普生病了吗？"

少普随即走来打了招呼：

"不是的，刚刚劳动了一下，发痧！"

"唔！……"

"云普！云普！"

"有什么事情呀，甲老爷？"少普代替说。

"收捐款的！剿共，救国，团防，你爹爹名下一共一十七元一角九分。算谷是一十四担三斗零三合。定价一元二角整！"

"唔！几时要呢？"

"马上就要量谷的！"

"啊！啊啊！……"

少普望着自己的爹爹，又望望大兵和保甲，他完全莫名其妙地发痴了！何李两家的长工，都自动地跳进了仓门那里量谷。保甲老爷也赶着钻了进去：

"来呀！"

外面等着的一群工役统统跑进来了。都放下箩筐来准备装谷子。

"他们难道都是强盗吗?"

少普清醒过来了,心中涌上着异样的恼愤。他举着血红的眼睛,望了这一群人,心火一把一把地往上冒。他始终不明白,为什么自己辛辛苦苦种下来的谷子,都一担一担地送给人家挑走。这些人又都那样地不讲理性。他咬紧了牙齿,想跑上去把这些强盗抓几个来饱打一顿,要不是旁边两个佩盒子炮的向他盯了几眼。

"唔!……唔!……唔呀!……"

"爹爹!好了一点吗?……"

"唔!……"

只有半点钟功夫,工役长工们都走

光了。保甲慢慢地从仓孔中爬出来,望着那位委员老爷说道:

"完了,除去何李两家的租谷和堤费外,捐款还不够三担三斗多些。"

"那么,限他三天之内自己送到镇上去!你关照他一声。"

"少普!你等一会告诉你爹爹,还差三担三斗五升多捐款,限他三天内亲自送到局里去!不然,随即就会派兵来抓人。"保甲恶狠狠地传达着。

"唔!"

人们在少普朦胧的视线中消失了。他转身向仓孔中一望:天哪!那里面只剩了几块薄薄的仓板子了。

他的眼睛发了昏,整个的世界都好像在团团地旋转!

"唔……哎哟!……"

"爹爹呀!……"

九

立秋回来了,时候是黑暗无光的午夜!

"真的有抢谷的强盗啊!"

云普叔又接连地发了几次昏。他紧紧地把握着立秋的手腕,颤动地说着:

"立秋!我们的谷子呢?今年,今年是一个少有的丰年呀!"

立秋的心房创痛了!半晌,才咬紧牙关地安慰了他的爹爹:

"不要紧的哟!爹爹。你老人家何必这样伤心呢?我不是早就对你老人家说过吗?迟早总有一天的,只要我们不再上当了。现在垄上还有大半没有纳租谷还捐的人,都准备好了不理他们。要不然,就是一次大的拼命!今晚,我还要到那边去呢!"

"啊!⋯⋯"

模糊中云普叔像做了一场大梦。他隐约地了解儿子立秋不常在家的原因。十五六年前农民会的影子,突然地浮上了他的脑海里。勉强地展开着眼睛,苦

笑地望了立秋一眼,很迟疑地说道:

"好,好,好啊!你去吧,愿天老爷保佑他们!"

一九三三年五月二十日脱稿于上海

(选自《叶紫创作集》)

★

火

———

一

何八爷的脸色白得像烧过了的钱纸灰,八字眉毛紧紧地蹙着,嘴唇和脸色一样,闹得牢牢的,只看见一条线缝。

拖着鞋子,双手抱住一根水烟袋,在房中来回地踱着。烟袋里的水咕咚咕咚地响,青烟从鼻孔里钻出来,打了一个翻身,便轻轻地向空间飞散。

天黑得怕人,快要到中秋了,连一颗星星都看不见。房间里只有烟榻上点着一盏小青油灯,黄豆子样大,一跳一跳的。户外四围都沉静了,偶然有一两声狗儿的吠叫,尖锐地钻进到人们的心坎里。

多么不耐烦哟!那外面的狗儿吠声,简直有些像不祥之兆。何八爷用脚狠命地在地上跺了几下,又抬头望望那躺在烟榻上的女人。

女人是听差高瓜子的老婆,叫做花大姐。朝着何八爷装了一个鬼脸儿,说道:

"怎么,困不困?爷,你老欢喜多想这些小事情做什么啊!反正,谁能够逃过你的手掌心呢?"

"混账!堂客们晓得什么东西!"

八爷信口地骂了这么一句,又来回兜过三五个圈子,然后走到烟榻旁边躺下。放了水烟袋,眼睛再向天花板出了一会儿神,脑子里好像塞住着一大把乱麻,怎么也想不出一个解脱的方法。花大姐顺手拾起一根烟枪来,替他做上一口火。

"爷,你总不相信我的话呀!不是吗?我可以担保,这一班人终究是没有办法的。青明炉罐放屁,决没有那样的事情来,你只管放心好了,何必定要急得如此整夜地不安呢!"一边说,一边将那根做好了烟的烟枪递过来。

八爷没有响,脸皮沉着。接过枪口来,顺手在花大姐的下身拧了一把。

"要死啊!爷,你这个鬼!"花大姐的腿子轻轻地一颤。

使劲地抽着,一口烟还没有吃完,何八爷的心思又火一样地燃烧起来了。他第三次翻身从烟榻上立起来,仍旧不安地在房子中兜着那焦灼的圈子。

他总觉得这件事情终究有些不妥当，恐怕要关系到自家两年来的计谋。这些东西闹的比去年还要凶狠了，真正了不得！然而事情大小，总要有个商量才行。于是他决心地要花大姐儿将王涤新叫起来问一问：

"他睡了呀！"花大姐懒洋洋地回答着。

"去！不要紧的，你只管把他叫起来好了！"

"唔，讨厌！你真是一个胆小如鼠的人，听不到三两句谣言，就吓成这个样子，真是哩！……"

"小妖精!"

何八爷骂她一句。

王涤新从梦中惊醒来,听到声音是花大姐,便连忙爬起来,一手将她搂着:

"想死人啊!大姐,你真有良心!"

"不要歪缠,爷叫你!赶快起来,他在房里等着哩!"

"叫我?半夜三更有什么事情?"

"大约是谈谈收租的事情吧!"

"唔!"

"哎哟!你要死啦!"

鬼混一会儿,他们便一同踏进了八爷的烟房,王涤新远远地站着,避开着

叶紫
·代表作

丰收

华夏出版社

《丰收》
华夏出版社 2003 年版

花大姐儿。嘴巴先颤了几下,才半吞半吐地说:

"八爷,夜,夜里叫我起来,有什么事情吩咐呢?"

八爷的眉头一皱;

"你来,涤新!坐到这里来,我们详细地商量一件事。"

"八爷,你老人家只管说。假如有用得着我王涤新的地方,即使'赴汤蹈火',也属'义不容辞'。男子汉,大丈夫,忘恩不报,那还算得人吗?"

"是的!我也很知道你的为人,所以才叫你来一同商议。就是因为——"八爷很郑重地停一停,才接着说,"现在已经快到中秋节了，打租饭正式来请过的还不到几家，其余的大半连影响都没有。昨天青明炉罐来说：有一些人都准备不缴租了。涤新，这事情你总该有些知道呀！……"

"唔！"王涤新一愣，"这风声？八爷！我老早就听到过了呀！佃户们的确有这种准备。连林道三，桂生，王老大都打成了他们一伙儿。先前，我本想不告诉八爷的，暗中去打听一个明白后再作计较。现在八爷既然知道了，也好；依我看来，还得及早准备一下子呢！"

"怎样准备呢？依你？"

王涤新的脑袋晃了几晃,像很有计划似的,凑近何八爷的耳根,叽里咕噜说了一阵。于是八爷笑了:

"那么,就只有他们这几个人吗?"

"还有,不过这是两个最主脑的人:上屋癞老大和曹云普家的立秋。八爷!你不用着急,无论他们多少人,反正都逃不过我们的手心啊!"

"是呀!我也这么说过,爷总不相信。真是哩,那样胆小,怕这些蠢牛!……"

花大姐连忙插上一句,眼珠子从右边溜过来,向王涤新身上一落。随即,便转到八爷的身上去了。

"堂客们晓得什么东西？"

八爷下意识地骂了她一句。回头来又同王涤新商量一阵，心里好像已经有了七八分把握似的，方才深深地吐出一口恶气。

停了一停，他朝涤新说：

"那么，就是这样吧！涤新，你去睡，差不多要天亮了。明天，明天看你的！"

退出房门来，王涤新又掉头盯了花大姐一眼；花大姐也暗暗地朝他做了一个手势，然后赶上来，啪的一声将房门关上。

丰收

二

　　这一夜特别清凉，月亮从黑云中挤出来，散布着一片银灰色。卧龙湖的水，清澈得同一面镜子一般；微风吹起一层细细的波浪，皱纹似的浮在湖面。

　　远远地，有三五起行人，继继续续地向湖边移动；不久，都在一棵大枫树下停住着。突然地，湖中飞快地摇出两只小船，对着枫树那儿直驶；湖水立刻波动着无数层圈浪，月光水银似的散乱一满湖。

　　悄悄地，停泊在枫树下面；人们一

个一个踏上去,两只小船儿装满了。

"开呀,小二疤子!"

"还有吗?"

"没有了。只有壳壳头生毛病,没有去叫他。"

声音比蚊子还细。轻轻的一篙,小船儿掉头向湖中驶去了。穿过湖心,穿过蛇头嘴,一直靠到蜈蚣洲的脚下。

大家又悄悄地走上洲岸。迎面癞大哥走出来,向他们招招手:

"这儿来,这儿来!"

大伙儿穿过一条芦苇小路,转弯抹角地走到了一所空旷的平场。

四围沉静,每个人的心里都怀着一

种异样的欢愉，十五六年时的农民会遗留给他们的深刻的影子，又一幕一幕地在每个人的脑际里放映出来。

于是，他们都显得非常熟习地开始了。

"好了，大家都请在这儿坐下吧！说说话是不要紧的，不过，不要太高声了。"癞大哥细心地关照着。

"到齐了吗，大哥？"

"大约是齐了的，只有壳壳头听说是生了病。现在让我来数数看：一位，两位，三位，……不错，是三十一个人！"

人数清楚了，又招呼着大家围坐拢来，成一个小圈子，说起话来比较容易听得明白。

"好了！大哥，我们现在要说话了吧。"

"唔！"

"那么，大哥，你先说，说出来哪个人不依你，老子用拳头揍他！妈妈的！……"李憨子是一个躁性子人。说着，把拳头高高地扬起。

"赞成！赞大哥的成！大哥先说，不许哪一个人不依允！"

"赞成！"这个十五六年时的口语，现在又在他们的嘴边里流行起来。

"大哥说，赞成！"

"赞成，赞成！"

"好了！……"癞大哥急急地爬起来向大家摇摇手，慢轻轻地说道："兄弟伯叔们！现在我们说话不是这样说的，请你们不要乱。我们今夜跑来，不是要听哪一个人的指教，也不是要听哪一个人的吩咐的，我们大家都要说几句公平话。只看谁说得对，我们就得赞成他；谁说得没有道理，我们就不赞成他，派他的不是，要他重新说过。所以，请你们不要硬以为我一个人说的是对的。憨子哥，你的话不对；并且我们不能打人，我们是要大家出主意，大家都说公平话，是吗？"

"嗯！打不得吗？打不得我就不打！

李憨子是躁性子人,你们大家都知道的!大哥,我总相信你,我说得不对的,你只管打我骂我,憨子决不放半个屁!大哥,是吗?……"

"哈哈!憨子哥到底正直!"

大家来一阵欢笑声。憨子只好收拾自家的拳头,脸上红红的倒有些不好意思了。癞大哥便连忙把话儿拉开了:

"喂!不要笑了,正经话还多着哩!"

"好!大家都听!"

"各位想必都是明白的,我们今天深夜跑到这里来到底为的什么事?今年的收成比任何年都好,这辛辛苦苦饿着肚皮做出来的收成,我们应当怎样地用它来养活我们自家的性命？怎样不再同去年和今年上半年一样，终天饿得昏天黑地的，捞不到一餐饱饭？现在，这总算是到了手的东西，谷子在我们手里便能救我们自己的性命，给人家夺去了我们就得饿肚皮，同上半年，同去年一样。所以，我们无论如何不能将我们的谷子给人家夺去；我们不能将自己的性命根子送给人家。一定的，因为我们每一个人都还要活！还要活！……半个月来，市上的谷价只有一块二角钱一担了。这样一来，我可以保证：我们在座的三十多个人中，无论哪一个，他把他今年收下来的谷子统统卖了，仍旧会还去年的欠账不清。单是种谷,何八发下来的是十一块,现在差不多一担要还他十担了。还有豆子钱,租谷,几十门捐款,团防,堤费……谁能够还得清呢?就算你肯把今年收下来的统统给他们挑去,还是免不了要坐牢监的。云普叔家里便是一个很明白的榜样,一百五六十担谷子全数给他们抢去,还不够三担三斗多些。一家五六口人的性命都完了,这该不是假的吧!立秋在这儿,你们尽可向他问。所以,我们今天应该确切地商量一下,看用个什么方法才能保住着我们的谷子,对付那班抢谷子的强人!为的我们都还要活!……"

"打！妈妈的，老子入他的娘！这些活强盗，非做他妈妈的一个干净不行。"李憨子实在忍不住了，又爬起来双脚乱跳乱舞地骂着。癞大哥连忙一把扯住他：

"憨子哥！你又来了！你打，这个时候，这个地方，你到底要打哪一个呢？坐下来吧，总有得给你打的！"

"唔！大哥，我实在，……唉！实在，……"

"哈哈！"

大家都笑着，憨子的话没有说出来，脸上又通红了。

"请大家不要笑了！"癞大哥正声地说，"每一个人都要说话。我们应当怎样地安排着,对付这班抢谷子的强人?从左边说起,立秋,你先说!"

立秋从容地站起来:

"我没有别的话说,因为我也是一个做错了事的人。十天前我没有想出一个法子来阻止我的爹爹不请打租饭,以致弄得一仓谷子都给人家抢去,自己饿着肚皮,爹爹病着没有钱去医好,一家人都弄得不死不活的。不过,我可以告诉大家:如果有人还想能够在老板爷们手里讨得一点面子或便宜时,我真是劝他不起这念头的好!我爹爹就是一个很好的榜样。叩了千万个响头,哭丧似的,结果还是没有讨得半升谷子的便宜。利上加利，租上加租，统统给他们抢完还不够。所以，我敢说：如果还想能在这班狗入的面前哀告乞怜地讨得一点甜头，那真是一辈不能做到的梦啊……"

"大家听了吗？立秋说的：哀告乞怜地去求老板爷们，完场总是恰恰相反，就像这回云普叔一样。所以我们如今只能用蛮干的手法对付这班狗入的。立秋的话已经说完了，高鼻子大爹，你呢？"

"我吗？半条性命了，在世的日子少，黄土里去的日子多。今年一共收到十九担多谷子，老夫妇吃刚够。妈妈的，他们要来抢时，老子就给他们挤了这条老命，死也不给这班忘八人的！"

"好？赞成大爹的！"

大家一声附和之后,癞大哥又顺次地指着道三叔。

"一样的,我的性命根子不能给他们抢去!昨天何八叫那个狗入的王涤新小子来吓我,限我在过节前后缴租,不然就要捉我到团防局里去!我答应了他:'要谷子没有,要性命我可以同你们去!'他没有办法,又对我软洋洋地说了一些好话。因为我的堂客听得不耐烦,便拖起一枝'牢刷板'来将他赶走了!"

"好哇!哈哈!用牢刷板打那忘八入的,再好没有了,三婶真聪明!"

继着,又轮到憨子哥的头上了。

"大哥！你不要笑我，我有拳头。要打，我李憨子总得走头前！嘿！怕事的不算人。我横竖是一个光蛋！……"

"哈哈！到底还是憨子哥有劲！"

"……"

"……"

一个一个地说着。想到自己的生活，每一个的眼睛里都冒出火来，都恨不得立刻将这世界打它一个翻转，像十五六年时农民会所给他们的印象。三十多个人都说完了，继续便是商量如何对付的办法。因为张家宅、陈字岭、严坪寺，这些地方处处都已经商量好了的，并且还派人来问过：曹家垄是不是和他们一样地弄起来？所以今夜一定要决定好对付的方法，通知那些地方，以免临时找不到帮手。

又是一阵喧嚷。

谁都是一样的。决定着：除立秋家的已经没有了办法之外，无论哪一个人的捐款租谷都不许缴。谁缴去谁就自己讨死，要不然，就是安心替他们做狗去。例如他们再派那些活狗来收租时，就给他妈的一顿饱打，请团丁来吗？大家都不用怕，都不许躲在家里，大大小小，老幼男女都跑出来，站一个圈子请他们枪毙！或者跪下来一面向他们叩头，一面爬上去，离得近了，然后站起来一个冲锋，把他们的东西夺下来，做，做，做他妈妈的一个也不留！

最后，大家又互相地劝勉了一番：每一个人回去之后，都不许懈怠，分头到各方面去做事，尤其是要去告诉那些老年顽固的人。然后，和张家宅、严坪寺、陈字岭的人联合！反正，大家一齐……

月亮渐渐地偏西了，一阵欢喜，一阵愤慨，捉住了每一个人的心弦，紧紧地，紧紧地扣着！十五六年时的农民会，又好像已经开展在每一个人的面前似的。船儿摇动了，桨条打在水面上，发出微细的咿哑声。仍旧在那棵大枫树下，他们互相点头地分别着。

三

云普叔勉强地从床上挣扎下来,两脚弹棉花似的不住地向前打跪,左手扶着一条凳子移一步,右手连忙撑着墙壁。身子那样轻飘的,和一只风车架子一样。二三十年来没有得过大病,这一次总算是到阎罗殿上打了一次转身。他尽力地支撑到头门口:世界整个儿变了模样,自家也好像做了两世人。

"唉!这样一天不如一天,不晓得这世界要变成一个什么样子!"

丰收

他悠长地叹了一声气,靠着墙壁在阶级边坐下了。

眼睛失神地张望着,猛然地,他看了那只空洞的仓门,他想起自己金黄色的谷子来,内心中不觉又是一阵炸裂似的创痛。无可奈何地,他只好把牙齿咬紧,反过头来不看它,天,他望了一望,晦气色的,这个年头连天也没有良心了。再看看自家心爱的田野,心儿更加伤痛!狗入的,那何八爷的庄子,首先就跑进到他的眼睛中来。

云普叔的身体差不多又要倒将下来了,他硬想闭上眼睛不看这吃人的世界,可是,他不可能呀!他这一次的气太受足了，无论如何，他不能带着这一肚皮气到棺材里去。他还要活着，他还要留着这条老命儿在世界上多看几年：看你们这班抢谷子的强人还能够横行到什么时候？

他不再想恨立秋了。倒反只恨他自己早些不该不听立秋的话来，以致弄得仓里空空的，白辛苦一场给人家抢去，气出来这一场大病。儿子终究是自家的儿子，终究是回护自己的人；世界上决没有那样的蠢材，会将自家的十个手指儿向外边跪折！

相信了这一点，云普叔渐渐地变成了爱护立秋的人，他希望立秋早一些出去,早一些回来,多告诉他一些别人不请打租饭和不纳租谷的情况。

"是的,蠢就只蠢了我!叩了他妈妈的千万个头,结果仍旧是自己打开仓门,给他们抢个干干净净!"云普叔每一次听到儿子从外面回来,告诉他一些别人联合不纳租谷的情况时,他总是这样恨恨地自家向自家责骂着。

天又差不多要黑了,儿子立秋还不见回来,云普叔一步移一步地摸进到房里,靠着床边坐着。少普将夜饭搬过来,云普叔老远望他摇了一摇手,意思好像是要他等待立秋回来时一道吃。

的确的,自蜈蚣洲那一夜起,立秋

他比任何人都兴奋些！几天功夫中，他又找到了不少的新人物。每天，忙得几乎连吃饭的功夫都没有，回家来常常是在半晚，或是刚刚天亮的时候。

今夜，他算是特别的回得早，后面还跟着有四五个人一群。跨进房门，一直跑到云普叔的床侧。

"你老人家今天怎样呢？该好了些吧！"

云普叔懂得，这是和颜悦色的癞大哥的声音。他连忙点头地苦笑了一笑，想爬起来和他们打个招呼，身子不觉得发抖的要倒。

"啊呀！……"

小二疤子吓了一跳,连忙赶上来双手将他扶住,轻轻地放下来说:

"你老人家不要起来,站不住的,还是好好地躺一躺吧!"

"唉!先前还移到了头门口,现在连站也站不起来了。这几根老骨头……唉!大哥,小二哥,只怕是……"

"不要紧的,老叔叔,慢慢地再休养几天就会好了,不要心焦,不要躁!"

"唉!大哥,谢谢你!你们现在呢?"

"还好!"

"租谷缴了没有?用什么方法对付那班强盗的?"

"我们有什么办法呢?叔叔!除非他

们走来把我们一个个都杀死,不然,我们是不会缴租的。缴了马上就要饿死,不缴说不定还可以多活几日。性命抓在自己手里,不到死是不会放松的啊!"

"是的,除此以外,也实在再没有办法。蠢就只蠢了我一个人,唉!妈妈的,早晓得他们这班东西要吃人,我,我,……唉!……"云普叔说着说着,一串眼泪,又偷偷地溜到了腮边。

"老叔叔,你老人家也用不着再伤心了,过去了的事情都算了,只要我们以后不再上当!……"

"是的!不过,不过,唉!大哥,现在我们,我们一家人连吃的谷都没有了,明天,明天就……唉!他妈妈的!"

"不要紧啊!我们总可以互相帮忙的,你老人家只管放心好了!"

"唉!大哥,立秋这孩子,他完全要靠你指教指教他呀!"

云普叔的心里凄然的!然而,他总感觉得这一群年轻人都有无限的可爱。以前憎恨他们的心思,现在不知道怎样地一点儿也没有了。他只觉得他们都是有生气的人,全不像自家那般地没有出息。

大家闲谈了一会,癞大哥急急地催促立秋吃完了晚饭,因为事情已经做到了要紧关头。主要的还是王涤新和李茂生那两个狗东西挨了三四顿饱打,说不定马上就要弄出来重大的事变。请团丁,搬大兵,那就是地主爷们对付小佃家的最后手段。必然的,每一个人都可以料到。

"最要紧的还是联络陈字岭!……"癞大哥很郑重地说,"立秋,你今晚一定要跑到那边去,找找陈聘三,详细地要他告诉你他们的情形,假如事情闹大了的话,我们还可以有一条退路!"

"好,"立秋回答着。"严坪寺那儿你们准备派哪一个人去呢?恐怕他们现在已经被迫缴租了!今天中饭时,王三马糊对我说:团防局里的团丁统统开到那里去勒逼收租去了！假如那边的人心能给他们压下来，我们这儿就要受到不小的影响。所以我说：那边一定要很快地派一两个人去！"

"当然的，不过你到陈字岭去也很要紧，要不然，我们就没有退路。张家宅他们比我们弄得好，听说李大杰那老东西这两天还吓得不敢出头门，收租的话，简直谈都谈不到！"

"好了，就是这么办吧！大哥，你还要去关照桂生哥他们一声：夜里要当心一点，顶好不要在家里睡觉！李茂生那个狗东西最会掉花枪，还是小心一些的比较好！"

"是的，我记得！你快些动身，时候已经不早了！"

癞大哥催着，立秋刚刚立起身来，云普叔反身拖住了他的手，颤声地吩咐道：

"秋，秋儿！你，你一定要小心些啊！"

云普婶也跟着嘱咐了几句，立秋安慰似的回答了他们：

"我知道的哟！爹妈，你们二位老人家只管放心吧！"

夜色清凉，星星在天空闪动。他们一同踏出了"曹氏家祠"的大门。微风迎面吹来，每一个人的身心，都感到一种深秋特有的寒意。

田原沉静着,好像是在期待着某一个大变动的到来。

四

因为要等李三爹,何八爷老早就爬起来了,一个人在房中不耐焦灼地回旋着;心头一阵阵的愤慨,像烈火似的燃烧着他的全身。他做梦也没有想到,今年收租的事情会弄出这样多的枝枝节节出来。

自己手下的一些人真是太没有用了,平常都只会说大话,吹牛皮,等到事情到了要紧的关头，竟没有一点儿用处，甚至于连自己的身子也都保不牢。何八爷恼恨极了，在这些人身上越想越加使他心急！

突然地，花大姐打扮得妖精似的从里面跑出来，轻轻地从八爷的身边擦过，八爷顺口喝了一下：

"哪里去？大清早打扮得妖精似的！"

"不，不是的！老太太说：后面王涤新痛得很可怜，昨晚叫了一通夜，她老人家要我去看看，是不是他那条膀子真会断？叫得那样怪伤心的！……"

"妈妈的，嘿！让他去好了，这种东西！事情就坏在他一个人手里！"

花大姐瞟了他一眼,仍旧悄悄地跑了过去。何八爷的心中恨恨地又反复思量一番,这一次的事情弄得泼汤,完全是自己用错了人的缘故。早晓得王涤新这东西这样草包似的无用,无论如何也不会把那些重大的责任交给他。现在还有什么办法呢?事情已经糟得如此一塌糊涂了!

恨着,他只想能够找出一个补救的办法来。迎面,李三爹跨进门来了,八爷连忙迎将上去:

"三爹,你早呀!"

三爹的眉头也是蹙着的,勉强地笑了一笑:

"早？你已经等得很久了吧！"

"没有！没有！刚起来不一会儿！进来请坐，高瓜子点火，泡杯茶来！"

"不要客气！老八……"

李三爹很亲切地和八爷说着：

"你看，这件事情到底怎么办？你们这边的情形恐怕还没有我们那边的凶吧？算是我和竞三太爷两家吃亏吃的顶大，几个收租的人都被打得寸骨寸伤地躺着，抬回来，动都不能动弹了，茂生恐怕还有性命之虞！所以，你今天不派人来叫我，我也要寻来和你商量一下，是否还有补救的办法……"

"这个，除非是我们去请一两排团丁

来，把为首的几个都给他抓起，或者还可以把他们弄散，这是我的意思！"

"是的，竞三太爷也是这么说。可是，老八，我看这也是不大十分妥当的事情，恐怕梁名登要和我抬杠子。上一次他派兵来收捐，我们都不是回绝了他，答应代替他收了送去吗？那时候他的团丁还只收了曹云普一家。现在我们连自己的租都收不来，都要去请他的团丁帮忙，这不是给他一个现成的话柄吗？"

"不会的哟，三爹！你总只看到这小微的一点，这有什么关系呢？事情到了危急的时期，他还有心思来和你抬这些无谓的杠子吗？收租不到，他自己不得了,捐款缴不上去,团丁们没有饷,他不派人来,他可能把这事情摆脱不管吗?世界上真是没有这样一个蠢东西。大家都是同船合命的人,没有我们就没有他自己,至少他梁名登不会有今日!……"

"是的,老八,你的话很对!不过你打算去请多少人来呢?听说镇上的团兵开到各乡下去收租去的很不少呀!"

"多了开销不下,少了不够分配,顶好是两排人!不过依我的配备是这样:首先抓那些主使抗租的人,然后把队伍分散,驻在每一个人的家里。譬如你那里,竞三太爷和我这里,都经常地驻扎三五个,再将其余的一些人会同各家的长工司务,挨家挨户去硬收,这样三四天下来,就可以收回来一个大概,至多也少不了几升!"

"好的,我回去告诉竞三太爷。就请你先到镇上去!团丁的招呼,火食,我和竞三太爷来预备好。他妈的,不拿一点厉害给这些蠢东西看,也真是无法无天!八爷,我们明天再见!"

"好的,我们明天再见!"

在团防局里:

梁局长没有回话,眼睛侧面向何八爷瞟了一下,才重声地说道:"你们那边怎么也弄到这个地步了呢?早些又不来!

现在这儿的弟兄统统派到四乡去了,每一个垸子里今年都有这样的事情发生,因为只有你们那边没有来人,我总以为你们比旁的地方好,谁知道……"

"本来没有事情的!"八爷连忙分辩着,"因为这一回出了几个特别激烈的分子,到处煽动佃户们不缴租谷,所以才把事情弄大起来。老梁,只要你派一排人给我,将几个激烈分子抓来,包管能把他们压下去!"

"现在局子里仅仅只剩了八个弟兄,你叫我拿什么来派给你呢?除非到县里总局去拨人来,那我不能会丢这个面子。连几个乡下的农夫都压制不下来,还说得上铲除土共？八翁！你是明白人，这个现成的钉子，我不能代你们去碰呀！"

"错是不错的！不过，老梁，你总得替我想个办法！是不是还可以在旁的外乡调回排把人来救救急，譬如十八垸、严坪寺这些地方？……"

"嘿！严坪寺昨夜一连起了三次火，十八垸今天早晨还补派了一班人去！据王排长的报告：农夫还想准备抢枪！……"

"那怎么得了呢？老梁，事情已经到了这个地步？"

何八爷哭丧似的。梁局长从容地喝了一口茶，眼睛仰望着天花板出神地想

着。半晌,他才渐渐地把头低下来,朝着何八爷皱了一皱眉头,很轻声地说道:

"就是这样吧!我暂时交给你四个人,八翁,你先回去,把那几个主使的家伙先抓下来。假如事情闹大了,我立刻就调人来救你的急!"

"谢谢你!"

失望地,何八爷领着四个老枪似的团丁垂头丧气地跑回来,天色已经渐渐地乌黑起来了。

是四更时分,在云普叔的家里:

立秋拖着疲倦的身子从外面归来,正和云普叔说不到三五句话,外面突然传来一阵激烈的打门声音!

自己的病差不多好全了，为着体恤儿子的疲劳起见，云普叔自告奋勇地跑去开门：

"谁？哪一个？……"

"我！"

听不出是谁的声音，云普叔连忙将一扇大门打开了！瞧着：

冲进来一大群人！

为首的是何八爷家里当差的高瓜子，后面跟着三四个背盒子炮的团丁。

"什么事呀，小高瓜子？"

云普叔没有得到回话，他们一齐冲进了房中！

"就是他，他叫曹立秋！"

高瓜子伸手向立秋指着,四个团丁一齐跑上去抓住他,将盒子炮牢牢地对住他的胸口!

"什么事?你们说出来!抓我?我犯了谁的法?"

"嘿!你自己还假装不知道吗?妈妈的!"

团丁顺手就是一个耳光。随即拿手铐将立秋扣上:

"走!"

昏昏的云普叔清醒了!一眼看定高瓜子,不顾性命向他扑去!

"哎呀!你这活忘八呀!你带兵来抓我的秋儿!你赶快将他放下,妈妈的,老子入你的娘！……"

云普婶和少普都围拢来了，拼性命地和高瓜子扭成一团：

"活忘八呀！你抓我的儿子……"

"放手不？你们自己养出这种坏东西来！"

团丁回转来替高瓜子解开了，在云普叔身上狠狠地踢了两脚，一窝蜂似的拖着立秋向外面飞跑！

"老子入你的娘啊！何八你这狗杂种！你派高瓜子来……"

黑暗中，云普叔和少普不顾性命地追了上去！云普婶也拖着四喜儿跟在后面哭爷呼娘的，一直追到何八爷的庄上。

庄门闭得牢牢的。

五

太阳血红色的涌出来,高高地挂着。

曹家垄四围都骚动了,旷野中尽是人群,男的,女的,老的,小的,……喧嚷奔驰,一个个都愤慨的,眼睛里放出来千丈高的火焰!

"大家都出来,要命的,一概不许躲在家里!"

像疯狂了的大海,像爆发了的火山!

"去,一齐冲到何八的家中去!救立秋,要死大家一同死!"

"好呀！冲到何八的家中去！"

人们像潮水似的涌动着。

疼儿子，像割了自己心头的肉一般，云普叔老夫妇跑在最前面。自谷子被抢去一直到现在，云普叔才深刻地明白：世界整个儿都是吃人的！

"大哥呀！我这条老命不能要了！早晨，他的门关得绷紧的，我没有办法！现在，请你替我帮忙我把它冲开！我要冲进去同何八这狗入的去拼命！……"

"冲呀！"

四面团团地围上去，何八爷的庄子被围得水泄不通；千万颗人头攒动，喊声差不多震破了半边天！

庄门仍旧是闭住的,三个团丁从短墙角上鬼头鬼脑地探望着。人们一层层地逼近拢来,差不多要冲到庄门口了,突然地:

拍!拍!拍!……

几颗子弹从墙角里飞来。

"哗!……"

像天崩地裂的一声。左边有三四个人倒在地上,血如涌泉似的流出来。人们立时都像疯狂了的猛虎一样:

"哗!杀人呀!"

"生哥倒了!哗!李憨子你赶快领一批人从后门冲进去!"

"冲呀!"

拍！拍！拍！

"砰！"

"好哇！大门冲开了！冲进去！"

牵络索似的，人们都从大门口冲进来！墙角边的三个团丁惊得同木鸡一样，浑身发抖，驳壳枪都给扔在地上！

人们跑上去，三个都抓下来了！

"打死他们！"

"活的吃了他！"

"我的儿呀！赶快说出，你们还有一个呢？昨晚给你们捉来的那个人现在在哪里？说！……"

"我，我，……救命呀！我不知道他们！……"

"入你的祖宗！"

"哎哟！"云普叔跑来狠命地咬了一个团丁一口。"你到底说不说！我的秋儿给你们关在哪里！"

"救救我的命啊！我说，老伯伯，老爷爷！你救救我！……"

"在哪里，在哪里？……"

"已，已，已经押到镇上去了，早，早晨！……"

"哎哟！老子入你的妈！不好了！"云普叔的眼泪雨一样地流下来，再跑上去，又狠命的一口。

那个老团丁的耳朵血淋淋地掉下来。

"哎哟！救……"

"哗!"

又是一阵震响。李憨子从后面冲出来,眼睛像猎狗似的四围搜索着。一眼看见了癞大哥,急急地问道:

"你,你们抓住了何八那乌龟吗?"

"没有!"

"糟糕!他逃走了。大家细心去寻!小二疤子,你到外面去巡哨!"

又凌乱了一会。

"喂!你们看,这是谁?"

大家立刻回转头来,高鼻子大爹一手提着一个男子,一手提着一个女人,笑嘻嘻地向大家一摔!

"呀!王涤新你这狗入的还没有

死吗?"

林道三跑上来一脚,踢去五六尺远!

"唔,救……"

"这是一个妖精,妈妈的,干死她!"

"哈哈!"

"妈妈的,谁要干为臭婊子!拍!——"

一个大巴掌打在花大姐的脸上。

"哈哈!带到那边去!绑在那三个团丁一起!"

大家又是一阵搜索!一个老太婆跑出来,手战动地敲着木鱼,口中"阿弥陀佛!阿弥陀佛!"地念着。

"这要死的老东西!"

丰收

仅仅鄙夷地骂了一句,并没有人去理会她。

大家搜着,仍旧没有捉到何八爷!失望的,没有一个人肯离开这个庄子。

"不要急,你们让我来问她!"高鼻子大爹笑嘻嘻地说。"告诉我,花大姐!你说出来我救你的性命:你家的爷躲在哪里?"

"老爹爹!只要你老人家救我,我肯说。不过,放了我,还要放了他!……"花大姐一手指着地下的王涤新说。

"好的!放你们做长久的夫妇!"

大家一阵闷笑,花大姐倒有些不好意思起来。忸怩地刚想开口说,不妨突然地那个老太婆跑来将她扭住：

"你敢说！你这不要脸的白虎屄！你害了我一家，你偷了汉子，还要害你爷的性命！"

两个人扭着打转。花大姐的脸儿给抓出了几条血痕！

大家拉开了老太婆。花大姐向高鼻子大爹哭着说：

"老爹爹救我呀！呜！呜！……"

"你只管说。"

"他，他同高瓜子两个，都躲在那个大神柜里面！"

"好哇！"

一声震喊，人家都挤到神柜旁边。

清晰地，里面有抖索的声音。癞大哥一手打开柜门，何八爷同高瓜子两个蹲在一起，满身灰菩萨似的战栗着。

"我的儿呀！你们原来在这里！"

李憨子将他们一把提出来，顺手就是两个巴掌！云普叔的眼睛里火光乱迸，像饿虎似的抓住着高瓜子！

"你这活忘八呀！你带兵来捉我的秋儿！老子要你的命，你也有今朝呀！"牙齿切了又切，眼泪豆大一点的流下来！张开口一下咬在高瓜子的脸上，拖出一块巴掌大的肉来！

高瓜子做不得声了。何八爷便同杀猪似的叫起来。

大家边打边骂地:

"你的种谷十一元!……"

"你的豆子六块八!……"

"你硬买我的田!……"

"你弄跑我的妹子!……"

"我的秋儿!……"

"……"

怒火愈打愈上升,何八爷已经只剩了一丝儿气了。癞大哥连忙喝住大家:

"喂!弟兄们!时候不早了,镇上恐怕马上就有大兵来!我们还要到李大杰家中去,现在我们怕不能再在这儿站脚了。"

"好!冲到张家宅去!"

"那么,把这些东西统统拖到外面去干了他!免得逃走!"

"好。"

一串,老太婆除外,七个人。花大姐满口的冤枉!

"高鼻子大爹!你答应救的啦!你怎么不讲信用了!救,救,救……"

在庄门外面,轻便的事情都做完了。自己伤亡的七八个人用凉床抬起来,谷子车着。

"去呀!冲到张家宅去!干李大杰周竞三那狗东西去呀!"

仍旧同潮水似的,男男女女,老老幼幼的一大群,又向张家宅冲去了!

六

入夜,梁局长从县城里请求了一营大兵亲自赶来,曹家垄只剩了一团冷静的空气。

据侦探的报告:"乱民已经和雪峰山的匪人取了联络,陈字岭、张家宅、严坪寺周围百余里都没有了人烟,统统逃到雪峰山去了。"

梁局长急得双脚乱跳,三四天中损失了一百多团丁和枪械不算,还弄得纵横这样远没有人烟。自己的饭碗敲碎,回到总局里去更交不了差。

愤怒地,他展望着这凌乱的原野,心火一阵阵地往上冒。再看看这一营大兵,自家非常惋惜地感觉得无用武之地,猛然他发出来一个报复似的命令:

"四面散开,把大小的茅瓦屋统统给我放它一把火!妈妈的,断绝他们的归路!"

半个时辰之后,红光弥漫了天空。垄中沉静了的空气,又随着火花的闪烁而渐形活跃起来。

一九三三年六月十日作于上海,

九月十七日修正

(选自《叶紫选集》)

山村一夜

外面的雪越下越紧了。狂风吹折着后山的枯冻了的树枝,发出哑哑的响叫。野狗遥远地,忧郁而悲哀地嘶吠着,还不时地夹杂着一种令人心悸的,不知名的兽类的吼号声。夜的寂静,差不多全给这些交错的声音碎裂了。冷风一阵一阵地由破裂的壁隙里向我们的背部吹袭过来,使我们不能禁耐地连连地打着冷噤。刘月桂公公面向着火,这个老年而孤独的破屋子主人,是我们的一位忠实的农民朋友介绍给我们来借宿的。他的左手拿着一大把干枯的树枝,右手捋着灰白的胡子,一边拨旺了火势,一边热烈地,温和地给我们这次的惊慌和劳顿安慰了;而且还滔滔不停地给我们讲述着他那生平的,最激动的一些新奇的故事。

因为火光的反映,他的眼睛是显得

特别地歪斜，深陷，而且红红的。他的额角上牵动着深刻的皱纹；他的胡子顽强地、有力地高翘着；他的鼻尖微微地带点儿勾曲；嘴唇是颇为宽厚而且松弛的。他说起话来就像生怕人家要听不清或者听不懂他似的，总是一边高声地做着手势，一边用那深陷的，歪斜的眼睛看定着我们。

又因为夜的山谷中太不清静，他说话时总常常要起身去开开那扇破旧的小门，向风雪中去四围打望一遍，好像察看着有没有什么人前来偷听的一般；然后才深深地呵着气，抖落那沾身的雪花，将门儿合上了。

"……先生,你们真的愿意常常到我们这里来玩吗?那好极了!那我们可以经常地做一个朋友了。"他用手在这屋子里环指了一个圈圈:"你们来时总可以住在我这里的,不必再到城里去住客栈了。客栈里的民团局会给你们麻烦得要死的。那些蠢子啊!……什么保人啦,哪里来啦,哪里去啦,'年貌三代'啦,……他们对于来客,全像是在买卖一条小牛或者一只小猪那样的,会给你们从头上直看到脚下,连你们的衣服身胚一共有多少斤重量,都会看出来的。真的,到我们这个连鸟都不高兴生蛋的鬼地方来,就专门欢喜这样子:给客人一点儿麻烦吃吃。好像他们自己原是什么好脚色，而往来的客人个个都是坏东西那样的，因为这地方多年前就不像一个住人的地方了！真的，先生……"

"世界上会有这样一些人的：他们自以为是怎样聪明得了不得，而别人只不过是一些蠢子。他们自己拿了刀去杀了人家——杀了'蠢子'——劫得了'蠢子'的财帛，倒反而四处去向其他的'蠢子'招告：他杀的只不过是一个强盗。并且说：他的所以要杀这个人，还不只是为他自己，而是实在地为你们'蠢子'大家呢！……于是，等到你们这些真正的蠢子都相信了他，甚至于相信

丰收

到自己动起手去杀自己了的时候,他就会得意洋洋地躲到一个什么黑角落里去,暗暗地好笑起来了:'看啦!他们这些东西多蠢啊!他们蠢得连自己的妈妈都不晓得叫呢!'……真的,先生,世界上就真会有这样一些人的。但他们却不知道:蠢的才是他们自己呢!因为真正的蠢子蠢到了不能再蠢的时候,也就会一下子变得聪明起来的。那时候,他们这些自作聪明的人,就是再会得'叫妈妈'些,也怕是空的了吧。真的啊,先生!世界上的事情就通统是这样的——我说蠢子终究要变得聪明起来的。要是他不聪明起来,那他就只有自己去送死了,或者变成一个什么十足的痴子,疯子那样的东西!……先生,真的,不会错的!……从前我们这里还发生过一桩这样的事呢:一个人会蠢到这样的地步的——自己亲生的儿子送去给人家杀了,还要给人家去叩头赔礼!您想:这还算是一个怎样的世界呢!人蠢到这样的地步了,又怎能不变成疯子呢?先生!……"

"啊——会有这样的事情吗?桂公公!一个人又怎能将自己的儿子送去给人家杀掉呢?"我们对于这激动的说话,实在地感到惊异起来了,便连忙这样问。

"你们实在不错,先生。一个人怎能

将自己的儿子送去给人家杀掉呢？不会的，普天下不会，也不应该有这样的事情的。然而，我却亲自看见了，而且还和他们是亲戚，还为他们伤了一年多的心哩！先生。"

"怎样的呢？这又是怎样一回事呢？桂公公！"我们的精神完全给这老人家刺激起来了！不但忘记了外面的风雪，而且也忘记了睡眠和寒冷了。

"怎样一回事？唉：先生！不能说哩。这已经是快两周年的事情了！……"但是先生，你们全不觉得要睡吗？伤心的事情是不能一句话两句话就说得完的！真的啊，先生！……你们不要睡？那好

极了!那我们应该将火加得更大一些!……我将这话告诉你们了,说不定对你们还有很大的益处呢!事情就全是这样发生的:

"三年前,我的一个叫做汉生的学生,干儿子,突然地在一个深夜里跑来对我说:

"'干爹,我现在已经寻了一条新的路了。我同曹德三少爷,王老发,李金生他们弄得很好了,他们告诉了我很多的事情。我觉得他们说得对,我要跟他们去了,像跟早两年前的农民会那样的。干爹,你该不会再笑我做蠢子和痴子了吧!'

"'但是孩子,谁叫你跟他们去的呢?怎么忽然变得聪明起来了?你还是受了谁的骗呢?'我说。

"'不的,干爹!'他说,'是我自己想清白了,他们谁都没有来邀过我;而且他们也并不勉强我去,我只是觉得他们说的对——就是了。'

"'那么,又是谁叫你和曹三少爷弄做一起的呢?'

"'是他自己来找我的。他很会帮穷人说话,他说得很好哩!干爹。'

"'是的,孩子。你确是聪明了,你找了一条很好的路。但是,记着:千万不要多跟曹三少爷往来,有什么事情先来告诉我。干爹活在这世界上六十多年了,什么事都比你经验得多,你只管多多相信干爹的话,不会错的,孩子。去吧!安静一些,不要让你的爹爹知道,并且常常到我这里来。……'

"先生,我说的就是这样一个孩子,给他那糊涂的、蠢拙的爹爹送掉的。他住得离我们这里并不远,就在这山村子的那一面。他常常要到我这里来。因为立志要跟我学几个字,他便叫我做干爹了。他的爹爹是做老长工出身的,因而家境非常的苦,爷儿俩就专靠这孩子做零工过活。但他自己却十分志气。白天里挥汗替别人家工作,夜晚小心地跑到我这里来念一阵书。不喝酒，不吃烟。而且天性又温存，有骨气。他的个子虽不高大，但是十分强壮。他的眼睛是大大的，深黑的，头发像一丛短短的柔丝那样……总之，先生！用不着多说，无论他的相貌，性情，脾气和做事的精神怎样，只要你粗粗一看，便会知道这绝不是一个没有出息的孩子就是了。

"他的爹爹也常到这里来。但那是怎样一个人物呢？先生！站在他的儿子一道，你们无论如何不会相信他们是父子的。他的一切都差不多和他的儿子相反：可怜，愚蠢，懦弱，而且怕死得要命。他的一世完全消磨在别人家的泥土上。

他在我们山后面曹大杰家里做了三四十年长工,而且从来没有和主人家吵过一次嘴。先生,关于这样的人本来只要一句话:就是猪一般的性子,牛一般的力气。他一直做到六七年前,老了,完全没有用了,才由曹大杰家里赶出去。带着儿子,狗一样地住到一个草屋子里,没有半个人去怜惜他。他的婆子多年前就死了,和我的婆子一样,而且他的家里也再没有别的人了!……

"就是这样的,先生。我和他们爷儿俩做了朋友,而且做了亲戚了。我是怎样地喜欢这孩子呢?可以说比自己亲生的儿子还要喜欢十倍。真的,先生!我是那样用心地一个一个字去教他,而他也从不会间断过,哪怕是刮风,落雨,下大雪,一约定,他都来的。我读过的书虽说不多,然而教他却也足有余裕。先生,我是怎样在希望这孩子成人啊!……

"自从那次夜深的谈话以后,我教这孩子便格外用心了。他来的也更加勤密,而且读书也更觉得刻苦了。他差不多天天都要来的,我一看到他,先生,我那老年人的心,便要温暖起来了。我想:'我的心爱的孩子,你是太吃苦了啊!你虽然找了一条很好的路,但是你怎样去安顿你自己的生活呢?白天里挥汗吃力,夜晚还要读书,跑路,做着你的有意思的事情!你看:孩子,你的眼睛陷进得多深,而且已经起了红的圈圈了呢!'唉,先生!当时我虽然一面想,却还一面这样对他说:'孩子啊,安心地去做吧!不错的——你们的路。干爹老了,已经没有用了。干爹只能睁睁地看着你们去做了哩。爱惜自己一些,不要将身子弄坏了!时间还长得很呢,孩子哟!……'但是,先生,我的口里虽是这样说,却有一种另外的,可怕的想念,突然来到我的心里了。而且,先生,这又是怎样一种懦弱的,伤心的,不可告人的想念呀!可是,我却没有法子能够压制它。我只是暗暗为自己的老迈和无能悲叹罢了！而且我的心里还在想哩：也许这样的事情不会来吧！好的人是决不应该遭意外的事情的！但是先生，我怎样了呢？我想的这些心思怎样了呢？……唉，不能说哩！我不知道世界上真的有没有天，而且天的心里到底在想些什么？为什么人家希望的事，偏偏不来；不希望的，耽心的，可怕的事，却一下子就飞来了？这到底是怎样的一个天呢？而且又是怎样的一个世界呢？先生，不能说哩。唉，唉！先生啊！……"

因了风势的过于猛烈，我们那扇破旧的小门和板壁，总是被吹得呀呀地作响。我们的后面也觉得有一股刺骨般的寒气，在袭击着我们的背心。刘月桂公公尽量地加大着火，并且还替我们摸出了一大捆干枯的稻草来，靠塞到我们的身后。这老年的主人家的言词和举动，实在地太令人感奋了。他不但使我们忘记了白天路上跋涉的疲劳，而且还使我们忘记了这深沉、冷酷的长夜。

他只是短短地沉默了一会，听了一听那山谷间的，隐隐不断的野狗和兽类的哀鸣。一种夜的林下的阴郁的肃杀之气，渐渐地笼罩到我们的中间来了。他也没有再作一个其他的举动，只仅仅去开看了一次那扇破旧的小门，便又睁动着他那歪斜的、深陷的、湿润的眼睛，继续起他的说话来了。

"先生，我说：如果一个人要过分地去约束和干涉他自己的儿子，那么这个人便是一个十足的蠢子！就譬如我吧：我虽然有过一个孩子，但我却从来没有对他约束过，一任他自己去四处飘荡，七八年来，不知道他飘荡到些什么地方去了，而且连讯息都没有一个。因为年轻的人自有年轻人的思想、心情和生活的方法，老年人是怎样也不应该去干涉他们的。一干涉，他们的心的和身的自由，便要死去了。而我的那愚拙的亲家公，却不懂得这一点。先生，您想他是怎样地去约束和干涉他的孩子呢？唉，那简直不能说啊！除了到这里来以外，他完全是孩子走一步便跟一步地啰嗦着，甚至于连孩子去大小便他都得去望望才放心，就像生怕有一个什么人会一下子将他的孩子偷去卖掉的那样。您想，先生，孩子已经不是一个三岁两岁的娃娃了，又怎能那样地去监视呢？为了这事情我还不知道向他争论过几多次哩，先生，我说：

"'亲家公啦！您莫要老是这样地跟着您的孩子吧！为的什么呢？是怕给人家偷去呢？还是怕老鹰来衔去呢？您应当知道，他已经不是一个娃娃了呀！'

"'是的,亲家公。'他说,'我并不是跟他,我只是有些不放心他——就是了!'

"'那么,您有些什么不放心他呢?'我说。

"'没有什么,亲家公。'他说,'我不过是觉得这样:一个年轻的人,总应该管束一下子才好……'

"'没有什么!'唉,先生!您想,一个人会懦弱到这样的地步的:马上说的话马上就害怕承认得。于是,我就问他:

"'那么,亲家公,你管束他的什么呢?'

"'没有什么,亲家公,我只是想像

我的爹爹年轻时约束我的那样,不让他走到坏的路上去就是了。'

"'拉倒了您的爹爹吧!亲家公!什么是坏的路呢?'先生,我当时便这样地生气起来了。'您是想将您的汉生约束得同您自己一样吗?一生一世牛马一样地跟人家犁地耕田,狗一样地让人家赶出去吗?……唉!你这愚拙的人啊!'先生,我当时只顾这样生气,却并没有看着他本人。但当我一看到他被我骂得低头一言不发,只管在拿着他的衣袖抖战的时候,我的心便完全软了。我想,先生,世界上为什么会有这样可怜无用的人呢。他为什么要生到这世界上来呢?

唉，他的五六十岁的光阴如何度过的呢？于是先生，我就只能够这样温和地去对答他了：

"'莫多心了吧！亲家公。莫要老是这样跟着您的汉生了，多爱惜自己一些吧！您要再是这样跟着，您会跟出一个坏结局来的，告诉您：您的汉生是用不着您担心的了，至少比您聪明三百倍哩。'唉，先生，话有什么用处呢？我应该说的，通统向他说过了。他一当了你的面，怕得你要命；背了你的面，马上就四处去跟着，赶着他的儿子去了。

"关于他儿子所做的事，大家都知道，是无论如何不能够去告诉他的。因此我就再三嘱咐汉生：不要在他爹爹面前露出行迹来了。但是，谁知道呢？这消息是从什么地方走给他耳朵里的呢？也许是汉生的同伴王老发吧，也许是曹三少爷和木匠李金生吧！……但是后来据汉生说：他们谁都没有告诉他过。大概是他自己暗中察觉出来的，因为他夜间也常常不睡地跟踪着。总之，汉生的一切，他不久都知道就是了，因此我就叫汉生特别注意，处处都要防备着他的爹爹。

"大概是大前年八月的夜间吧，先生，汉生刚刚从我这里踏着月亮走出去，那个老年的愚拙的家伙便立刻跟着追到这里来了。因为没有看见汉生,他便觉得有些不好意思那样地走近我的身边。然而,却不说话。在大的月光的照耀下,他只是用他那老花的眼睛望着我,猪鬃那样的几根稀疏的胡子,也轻轻地发着战。我想:这老东西一定又是来找我说什么话了,要不然他就绝不会变成一副这样的模样。于是,我就立刻放下了温和的脸色,殷勤地接着他。

"'亲家公啦!您来又有什么贵干呢?'我开玩笑一般地说。

"'没有什么,亲家公,'他轻声地说。'我只是有一桩事情不,不大放心,想和您来商量商量——就是了。'

"'什么呢,亲家公?'

"'关于您的干儿子的情形,我想,亲家公,您应该知道得很详细吧!'

"'什么呢?关于汉生的什么事情呢?嗳,亲家公?'

"'他近几个月来,不知道为了什么事,……亲家公!夜里总常常一个通夜不回来。……'

"'那又有什么关系呢?'

"'我想,亲家公!他说不定是跟着什么坏人,走到坏的路上去了。因为我常常看见他同李木匠王老发他们做一道。要是真的,亲家公,您想:我将他怎么办呢?我的心里啊……'

"'您的心里又怎样呢?'

"'怎样?……唉,亲家公,您修修好吧!您好像一点都不知道那样的!您想:假如我的汉生要有了什么三长两短,我还有命吗?我不是要绝了后代了吗?有谁来替我养老送终呢?将来谁来上坟烧纸呢?我又统共只有这一个孩子!唉,亲家公,帮帮忙吧!您想想我是怎样将这孩子养大起来的呢?别人家不知道,您总应该知道呀!我那样千辛万苦地养大了他,我要是得不到他一点好处,我还有什么想头呢?亲家公!'

"'那么您的打算是应该将他怎样呢?'先生,我有点郑重起来了。

"'没有怎样,亲家公,'他说。这家伙大概又对着月光看到我的脸色了。'您莫要生我的气吧!我只是觉得有点害怕,有点伤心就是了!我能将他怎么办呢?……我不过是想……'

"'啊——什么呢?'

"'我想,想……亲家公,您是他的干爹!只有您的话他最相信,您又比我们都聪明得多。我是想……想……求求您亲家公对他去说一句开导的话,使他慢慢回到正路上来,那我就,就……亲家公啊!就感——感……您的恩,恩……了。'

"唉!先生!您想:对待这样的一个

人,还有什么法子呢?他居然也知道了他自己是不聪明的人。他说了那么一大套,归根结蒂——还不过是为了他自己没有'得到他一点好处','怕'没有人'养老送终','伤心'没有人'上坟烧纸'罢了!而他自己却又没有力量去'开导'他的儿子,压制他的儿子,只晓得狗一样地跟踪着,跟出来了又只晓得跑到我这里来求办法,叫'恩人!'您想,我还能对这样可怜的、愚拙的家伙说点什么有意思的,能够使他想得开通的话呢?唉,先生,不能说哩!当时我是实在觉得生气,也觉得伤心。我极力地避开月光,为了怕他看出了我的不平静的脸色。因为我必须尽我的义务,对他说几句'开导'他的,使他想得通的话;虽然我明知道我的话对于这头脑糊涂的人没有用处,但是为了汉生的安静,我也不能够不说啊!

"我说:'亲家公啦!您刚才啰哩啰嗦地说了这么一大套,到底为的什么呢?啊,您是怕您的汉生走到坏的路上去吗?那么,您知道什么路是坏的,什么路才是好的呢?——您说:王老发,李金生他们都不是好人,是坏人!那么他们的'坏'又都坏在什么地方呢?——唉,亲家公!我劝您还是不要这样糊涂的乱说吧!凡事都应该自己先去想清一下子,再来开口的。您知道:您的年纪已经不小了呀!为什么还是这样地孩子一样呢?您怎么会弄得'绝后代'呢?您的汉生又几时对您说过不给您'养老送终'呢?并且一个人死了就死了,没有人来'上坟烧纸'又有什么了不得呢?嗳,亲家公,您是——蠢拙的人啊!……'唉,先生,我当时是这样叹气地说。'莫要再糟蹋您自己了吧,您已经糟蹋得够了!让我来真正告诉你这些事情吧:您的孩子并没有走到什么坏的路上去,您只管放心好了。汉生他比您聪明得多,而且他们年轻人自有他们年轻人的想法。至于王老发和李金生木匠他们就更不是什么歹人，您何必啰嗦他们，干涉他们呢？您要知道：即算是您将您的汉生管束得同您一样了，又有什么好处呢？莫要说我说得不客气，亲家公，同您一样至多也不过是替别人家做一世牛马算了。譬如我对我的儿子吧，……八年了！您看我又有什么了不得呢？唉，亲家公啊！想得开些吧！况且您的儿子走的又并不是什么坏的路，完全是为着我们自己。您还有什么不放心的呢？唉，唉！亲家公啊！您这可怜的，老糊涂一样的人啊！……'

"唉，先生，您想他当时听了我的这话之后怎样呢？他完全一声不做，只是呆呆地坐在那里，贼一样地用他那昏花的眼睛看着我，并且还不住地战动着他的胡子，开始流出眼泪来。唉，先生，我心完全给这东西弄乱了！您想我还能对他说出什么话来呢？我只是这样轻轻地去向他问了一问：

"'喂，亲家公！您是觉得我的话说得不对吗，还是什么呢？您为什么又伤起心来了呢！'

"这时候，先生，我还记得：那个大的，白白的月亮忽然地被一块黑云遮去了；于是，我们就对面看不清大家的面庞了。我不知道他一个人在黑暗中做了些什么事。半天，半天了……才听见他哀求一样地说道：

"'唉，不伤心哩，亲家公！我只是想问一问您：我的汉生他们如果发生了什么别的事情，我一个人又怎样办呢？唉，唉！我的——亲家公啊……'

"'不会的哩，亲家公！您只管放心吧！只要您不再去跟着啰嗦着您的汉生就好了。您不知道一句这样的话吗——吉人自有天相的！何况您的汉生并不是蠢子，他怎么会不知道招呼他自己呢？……'

"'唔，是的，亲家公！您说的——都蛮对！只是我……唔，嗯——总有点……不放心他……有点……害——

怕——就是了！呜呜——……'

"先生，这老家伙站起来了，并且完全失掉了他的声音，开始哽咽起来了。

"'亲家公，莫伤心了吧！好好地回去吧！'我也站起来送他了。'您伤心的什么呢？替别人家做一世牛马的好呢？还是自己有土地自己耕田的好呢？您安心地回去想清些吧！不要再糊涂了吧！……'

"唉，先生，还尽管啰啰嗦嗦地说什么呢？一句话——他便是这样一个懦弱的家伙就是了，并且凭良心说：自从那次的说话以后，我没有再觉得可怜这家伙，因为这家伙有很多地方有不应去给他可怜的。但是在那次——我却骗了他,而且还深深地骗了自己。您想:先生!'吉人自有天相的'这到底是一句什么狗屁话呢?几时有过什么'吉人',几时又看见过什么'天相'呢?然而,我却那样说了,并且还那样地祷告啦。这当然是我太爱惜汉生和太没有学问的缘故,因为我实在想不出一句适当的话去宽慰那个愚懦的人,也想不出一个法子来压制和安静自己。但是,先生,事情终于怎样了呢?'吉人'是不是'天相'了呢?……唉,要回答,其实,在先前我早就说过了的。那就是——您所想的,希望的事,偏偏不来;耽心的,怕的和祸祟的事,一下子就飞来了!唉,先生,虽然他们那第一次飞来的祸事,都不是应在我的汉生的头上,但是汉生的死,也就完全是遭了那次事的殃及哩,唉,唉!先生!啊……"

刘月桂公公因为用铁钳去拨了一拔那快要衰弱了的火焰。一颗爆裂的红星,便突然地飞跃到他的胡子上去了!这老年的主人家连忙用手尖去挥拂着,却已经来不及了,燃断掉三四根下来了。……我们都没有说话。一种默默的,沉重的,忧郁之感,渐渐地压到了我们的心头。因为这故事的激动力,和烦琐反复的情节的悲壮,已经深深地锁住了我们的心喉，使我们插不进话去了。夜的山谷中的交错的声息，似乎都已经平静了一些。然而愈平静，就愈觉得世界在一步一步地沉降下去，好像一直欲沉降到一个无底的洞中去似的，使我们几乎透不过气来了。风雪虽然仍在飘降，但听来却也已经削弱了很多。一切都差不多渐渐在恢复夜的寂静的常态了。刘月桂公公却并没有关心到他周围的事物，他只是不住地增加着火势，不住地运用着他的手，不住地蹙动着他的灰暗的眉毛和睁开他的那昏沉的，深陷的，歪斜的眼睛。

　　因为遭了那火花的飞跃的损失，他

继续着说话的时候,总是常常要用手去摸着,护卫着他那高翘着而有力量的胡子。

"那第一次的祸事的飞来,"他接着说,"先生,也是在大前年的十一月哩。那时候,我们这里的民团局因为和外来的军队有了联络,便想寻点什么功劳去献献媚,巴结巴结那有力量的军官上司,便不分日夜地来到我们这山前山后四处搜索着。结果,那个叫做曹三少爷的,便第一个给他们弄去了。

"这事情的发生,是在一个降着严霜的早上。我的干儿子汉生突然地丢掉了应做的山中的工作,喘息呼呼地跑到我这里来了。他一边睁大着他那大的，深黑的眼睛，一边上气不接下气地说：

"'干爹，我们的事情不好了！曹三少爷给，给，给——他们天亮时弄去了！这怎，怎么办呢？干爹……'

"唉，先生，我当时听了，也着实地替他们着急了一下呢。但是翻过来细细一想，觉得也没有什么大的了不得。因为我们知道：对于曹三少爷他们那样的人，弄去不弄去，完全一样，原就没有什么关系的。因为他们愿不愿意替穷人说话和做事，就只要看他们高兴不高兴便了，他们要是不高兴，不乐意了，说不定还能够反过来弄他的'同伴'一下子的。然而，我那仅仅只是忠诚，赤热而没有经历的干儿子，却不懂得这一点。他当时看到我只是默默着不做声，便又热烈而认真地接着说：

"'干爹，您老人家怎么不做声呢？您想我们要是没有了他还能怎么办呢？……唉，唉！干爹啊！我们失掉这样一个好的人，想来实在是一桩伤心的，可惜的事哩！……'

"先生，他的头当时低下去了。并且我还记得：的确有两颗大的，亮晶晶的眼泪，开始爬出了他那黑黑的，湿润的眼眶。我的心中；完全给这赤诚的，血性的孩子感动了。于是，我便对他说：

"'急又有什么用处呢?孩子!我想他们不会将他怎样吧!您知道,他的爹爹曹大杰还在这里当"里总"① 呀,他怎能不设法子去救他呢?……'

"'唉,干爹!曹大杰不会救他哩!因为曹三少爷跟他吵过架,并且曹三少爷还常常对我们说他爹爹的坏话。您老人家想:他怎能去救这样的儿子呢?……并且,曹三少爷是——好的,忠实的,能说话的脚色呀!……'

"'唉,你还早呢,你的经历还差得很多哩,孩子!'我是这样地抚摸着他底

---

① "里总":同村长乡长一样。——原注。

柔丝的头发,说,你只能够看到人家的外面,你看不到人家的内心的:你知道他的心里是不是同口里相合呢?告诉你,孩子!越是会说话的人,越靠不住。何况曹德三的家里的地位,还和你们相差这样远。你还知道'叫得好听的狗,不会咬人——会咬人的狗,决不多叫'的那句话吗?……"

"'干爹,我不相信您的话!……'这忠实的孩子立刻揩干着眼泪叫起来了:'对于别人,我想:您老人家的话或者用得着的。但是对于曹三少爷,那您老人家就未免太,太不原谅他了!……我不相信这样的一个好的人,会忽然变

节！……'

"'对的，孩子！但愿这样吧。你不要怪干爹太说直话，也许干爹老了，事情见得不明了。曹德三这个人我又不常常看见，我不过是这样说说就是了。宁可信其有，不可信其无。你自己可以去做主张，凡事多多防备防备……不过曹德三少爷我可以担呆，决不致出什么事情……'

"先生，就是这样的。我那孩子听了我的这话之后，也没有再和我多辩，便摇头叹气，怏怏不乐地走开了。我当时也觉得有些难过，因为我不应该太说得直率，以致刺痛了他那年轻的，炽热的心。我当时也是快快不乐地回到屋子里了。

"然而,不到半个月,我的话便证实了——曹德三少爷安安静静地回到他的家里去了。

"这时候,我的汉生便十分惊异地跑来对我说:

"'干爹,你想:曹德三少爷怎样会出来的?'

"'大概是他们自己甘心首告了吧?'

"'不,干爹!我不相信会有这样的事。三少爷是很有教养的人,他还能够说出很动人的,很有理性的话来哩!……'

"'那么,你以为怎样呢?'

"'我想:说不定是他的爹爹保出来的。或者,至多也不过是他的爹爹替他弄的手脚,他自己是决不致于去那样做的!……'

"'唉,孩子啊!你还是多多地听一点干爹的话吧!不要再这样相信别人了,还是自己多多防备一下吧!……'

"'对的,干爹。我实在应该这样吧!……'

"'并且,莫怪干爹说得直:你们还要时刻防备那家伙——那曹三少爷……'

"那孩子听了我这话,突然地惊愕得张开了他的嘴巴和眼睛,说不出话来了。

很久,他好像还不曾听懂我的话一样。于是,先生,我就接着说:

"'我是说的你那'同伴'——那曹三少爷啦!……'

"'那该——不会的吧!……干爹!'他迟迟而且吃惊地,不大欲信地说。

"'唉,孩子啊!为什么还是这样不相信你的干爹呢?干爹难道会害你吗?骗你吗?……'

"'是,是——的!干爹!……'他一边走,低头回答道。并且我还清晰地听见,他的声音已经渐渐变得酸硬起来了。这时候我因为怕又要刺痛了他的心,便不愿意再追上去说什么。我只是想,先生,这孩子到底怎样了呢?唉,唉,他完全给曹德三的好听的话迷住了啊!……

"就是这样地平静了一个多月,大家都相安无事。虽然这中间我的好愚懦的亲家公曾来过三四次,向我申诉过一大堆一大堆的苦楚,说过许多'害怕'和'耽心'的话。可是,我却除了劝劝他和安慰安慰他之外,也没有多去理会他。一直到前年正月十五日,元宵节的晚上,那第二次祸祟的事,便又突然地落到他们的头上来了!……

"那一晚,当大家正玩龙灯玩得高兴的时候,我那干儿子汉生,完全又同前次一样,匆匆地,气息呼呼地溜到我这里来了。那时候,我正被过路的龙灯闹得头昏脑涨,想一个人偷在屋子里点一枝蜡烛看一点书。但突然地给孩子冲破了。我一看见他进来的那模样,便立刻吓了一跳,将书放下来,并且连忙地问着:

"'又发生了什么呢,汉生?'我知道有些不妙了。

"他半天不能够回话,只是睁着大的,黑得怕人的眼睛,呆呆地望着我。

"'怎样呢,孩子?'我追逼着,并且关合了小门。

"'王老发给他们弄去了——李金生

不见了!'

"'谁将他们弄去的呢?'

"'是曹——曹德三!干爹……'他仅仅说了这么一句,两线珍珠一般的大的眼泪,便滔滔不绝地滚出来了!

"先生,您想!这是怎样的不能说的事啊!

"那时候,我只是看着他,他也牢牢地望着我。……我不做声他不做声!……蜡烛尽管将我们两个人的影子摇得飘飘动动!……可是,我却寻不出一句适当的话来。我虽然知道这事情必然要来了,但是,先生,人一到了过分惊急的时候,往往也会变得愚笨起来的。

我当时也就是这样。半天,半天……我才失措一般地问道:

"'到底怎样呢?怎样地发生的呢?……孩子!'

"'我不知道。我一个人等在王老发的家里,守候着各方面的讯息,因为他们决定在今天晚上趁着玩龙灯的热闹,去捣曹大杰和石震声的家。我不能出去。但是,龙灯还没有出到一半,王老发的大儿子哭哭啼啼地跑回来了。他说:"汉叔叔,快些走吧!我的爹爹给曹三少爷带着兵弄去了!李金生叔叔也不见了!……"这样,我就偷到您老人家这里来了!……'

"'唔……原来……'我当时这样平静地应了一句。可是忽然地,一桩另外的,重要的意念,跑到我的心里来了,我便惊急地说:

"'但是孩子——你怎样呢?他们是不是知道你在我这里呢?他们是不是还要来寻你呢?……'

"'我不知道……'他也突然惊急地说——他给我的话提醒了。'我不知道他们在不在寻我?……我怎么办呢?干爹……'

"'唉,诚实的孩子啊!'先生,我是这样地吩咐和叹息地说:'你快些走吧!这地方你不能久留了!你是——太没有

经历了啊！走吧，孩子！去到一个什么地方去躲避一下！'

"'我到什么地方去呢，干爹？'他急促地说：'家里是万万不能去的，他们一定知道！并且我的爹爹也完全坏了！他天天对我啰嗦着，他还羡慕曹三忘八"首告"得好——做了官！……您想我还能躲到什么地方去呢？'

"先生，这孩子完全没有经历地惊急得愚笨起来了。我当时实在觉得可怜，伤心，而且着急。

"'那么，其他的朋友都完全弄去了吗？'我说。

"'对的，干爹！'他说，'我们还有

很多人哩！我可以躲到杨柏松那里去的。'

"他走了，先生。但是走不到三四步，突然地又回转了身来，而且紧紧地抱住着我的颈子。

"'干爹！……'

"'怎么呢，孩子？'

"'我，我只是不知道：人心呀——为什么这样险诈呢？……告诉我，干爹！……'

"先生，他开始痛哭起来了，并且眼泪也来到了我的眼眶。我，我，我也忍不住了！……"

刘月桂公公略略停一停，用黑棉布

袖子揩掉了眼角间溢出来的一颗老泪，便又接着说了：

"'是的，孩子。不是同一命运和地位的人，常常是这样的呢！'我说。'你往后看去，放得老练一些就是了！不要伤心了吧！这里不是你说话的地方了。孩子，去吧！'

"这孩子走过之后，第二天，……先生，我的那蠢拙的亲家公一早晨就跑到我这里来了。他好像准备了一大堆话要和我说的那样，一进门，就战动着他那猪鬃一样的几根稀疏的胡子，吃吃地说：

"'亲家公，您知道王，王老发昨，昨天夜间又弄去了吗？……'

"'知道呀,又怎样呢?亲家公。'

"'我想他们今天一,一定又要来弄,弄我的汉生了!……'

"'您看见过您的汉生吗?'

"'没有啊——亲家公!他昨天一夜都没有回来……'

"'那么,您是来寻汉生的呢?还是怎样呢?……'

"'不,我知道他不在您这里。我是想来和您商,商量一桩事的。您想,我和他生,生一个什么办法呢?'

"'您以为呢?'我猜到这家伙一定又有了什么坏想头了。

"'我实在怕呢,亲家公!……我还

听见他们说：如果弄不到汉生就要来弄我了！您想怎样的呢？亲家公……'

"'我想是真的，亲家公。因为我也听见说过：他们那里还正缺少一个爹爹要您去做呢。'先生，我实在气极了。'要是您不愿意去做爹爹，那么最好是您自己带着他去将您的汉生给他们弄到，那他们就一定不会来弄您了。对吗，亲家公？'

"'唉，亲家公——您为什么老是这样地笑我呢？我是真心来和您商量的呀！……我有什么得罪了您老人家呢！唉，唉！亲家公。'

"'那么您到底商量什么呢？'

"'您想,唉,亲家公,您想……您想曹德三少爷怎样呢?……他,他还做了官哩!……'

"'那么,您是不是也要您的汉生去做官呢?'先生,我实在觉得太严重了,我的心都气痛了!便再也忍不住地骂道:'您大概是想尝尝老太爷和吃人的味道了吧,亲家公?……哼哼!您这好福气的,禄位高升的老太爷啊!……'

"先生,这家伙看到我那样生气,更吓得全身都抖战起来了,好像怕我立刻会将他吃掉或者杀掉的那样,把头完全缩到破棉衣里去了。

"'唔,唔——亲家公!'他说'您,

怎么又要骂我呢?我又没有叫汉生去做官,您怎么又要骂我呢?唉!我,我我不过是这样说说别人家呀!……'

"'那么,谁叫您说这样的蠢话呢?您是不是因为在他家里做了一世长工而去听了那老狗和曹德三的笼哄,欺骗呢?想他们会叫您一个长工的儿子去做官吗?……蠢拙的东西啊!您到底怎样受他们的笼哄,欺骗的呢?说吧,说出来吧!您这猪一样的人啊!……'

"'没有啊——亲家公!我一点都——没有啊!……'

"先生,我一看见他那又欲哭的样子,我的心里不知道怎样的,便又突然

的软下来了。唉,先生,我就是一个这样没有用处的人哩!我当时仅仅只追了他一句:

"'当真没有?'

"'当真——一点都没有啊!——亲家公。……'

"先生,就是这样的,他去了。一直到第六天的四更深夜,正当我们这山谷前后的风声紧急的时候,我的汉生又偷来了。他这回却带来了另外一个人,那个人就是木匠李金生。现在还在一个什么地方带着很多人冲来冲去的,但却没有能够冲回到我们这老地方来。他是一个大个子,高鼻尖,黄黄的头发,有点像外国人的。他们跟着我点的蜡烛一进门,第一句就告诉我说:王老发死了!就在当天——第四天的早上。并且还说我那亲家公完全变坏了,受了曹大杰和曹德三的笼哄,欺骗!想先替汉生去'首告'了,好再来找着汉生,叫汉生去做官。那木匠并且还是这样地挥着他那砍斧头一样的手,对我保证说:

"'的确的呢,桂公公!昨天早晨我还看见他贼一样地溜进曹大杰的家里去了。他的手里还拿着一个包包,您想我还能哄骗您老人家吗,桂公公?'

"我的汉生一句话都不说。他只是失神地忧闷地望着我们两个人,他的眼睛完全为王老发哭肿了。关于他的爸爸的事情,他半句言词都不插。我知道这孩子的心,一定痛得很利害了,所以我便不愿再将那天和他爹爹相骂的话说出来,并且我还替他宽心地说开去。

"'我想他不会的吧,金牛哥!'我说,'他虽然蠢拙,可是生死利害总应当知道呀!'

"'他完全是给怕死,发财和做官吓住了,迷住了哩!桂公公!'木匠高声地,生气一般地说。

"我不再作声了。我只是问了一问汉生这几天的住处和做的事情,他好像'心不在焉'那样地回答着。他说他住的地方很好，很稳当，做的事情很多，因为曹德三和王老发所留下来的事情，都给他和李金生木匠担当了。我当然不好再多问。最后，关于我那亲家公的事情，大家又决定了：叫我天明时或者下午再去汉生家中探听一次，看到底怎样的。并且我们约定了过一天还见一次面，使我好告诉他们探听的结果。

"可是，我的汉生在临走时候还嘱咐我说：

"'干爹，您要是再看了我的爹爹时，请您老人家不要对他责备得太利害了，因为他……唉，干爹！他是什么都不懂得哩！……并且，干爹，'他又说：'假

如他要没有什么吃的了,我还想请您老人家……唉,唉,干爹——'

"先生,您想:在世界上还能寻到一个这样好的孩子吗?

"就在这第二天的一个大早上,我冒着一阵小雪,寻到我那亲家公的家里去了。可是,他不在。茅屋子小门给一把生着锈的锁锁住了。中午时我又去,他仍然不在。晚间再去,……我问他那做竹匠的一个癞痢头邻居,据说是昨天夜深时给曹大杰家里的人叫去了。我想:完了……先生。当时我完全忘记了我那血性的干儿子的嘱咐,我暴躁起来了!我想——而且决定要寻到曹大杰家里的附近去,等着,守着他出来,揍他一顿!……可是,我还不曾走到一半路,便和对面来的一个人相撞了!我从不大明亮的,薄薄的雪光之下,模糊地一看,就看出来了那个人是亲家公。先生,您想我当时怎样呢?我完全沉不住气了!我一把就抓着他那破棉衣的胸襟,厉声地说:

"'哼——你这老东西!你到哪里去了呢?你告诉我——你干的好事呀!'

"'唔,嗯——亲家公!没有呵——我,我,没有——干什么啊!……'

"'哼,猪东西!你是不是想将你的汉生连皮,连肉,连骨头都给人家卖

掉呢?'

"'没有啊——亲家公。我完全——一点……都没有啊——'

"'那么,告诉我!猪东西!你只讲你昨天夜里和今天一天到哪里去了?'

"'没有啊!亲家公。我到城,城里去,去寻一个熟人,熟人去了啊!'

"唉,先生,他完全颤动起来了!并且我还记得:要不是我紧紧地拉着他的胸襟,他就要在那雪泥的地上跪下去了!先生,我将他怎么办呢?我当时想,我的心里完全急了,乱了——没有主意了。我知道从他的口里是无论如何吐不出真消息来的。因为他太愚拙了,而且受人家的哄骗的毒受得太深了。这时候，我忽然地记起了我的那天性的孩子的话：'不要将我的爹爹责备得太利害了！……因为他什么都不懂得！……'先生，我的心又软下去了！——我就是这样地没有用处。虽然我并不是在可怜那家伙，而是心痛我的干儿子，可是我到底不应该在那个时候轻易地放过他，不揍他一顿，以致往后没有机会再去打那家伙了！没有机会再去消我心中的气愤了！就是那样的啊，先生。我将他轻轻地放去了，并且不去揍他，也不再去骂他，让他溜进他的屋子里去了！……

"到了约定的时候，我的干儿子又带

了李金生跑来。当我告诉了他们那事情的时候,那木匠只是气得乱蹦乱跳,说我不该一拳头都不揍,就轻易地放过他。我的干儿子只是摇头,流眼泪,完全流得像两条小河那样的,并且他的脸已经瘦得很利害了!被烦重的工作弄得憔悴了!眼睛也越加现显大了,深陷了!好像他的脸上除了那双黑黑的眼睛以外,就再看不见了别的东西那样的。这时候我的心里的着急和悲痛的情形,先生,我想你们总该可以想到的吧!我实在是觉得他们太危险了!我叫他们以后绝不要再到我这里来,免得给人家看到。并且我决意地要我的干儿子和李金生暂时离开这山村子,等平静了一下,等那愚拙的家伙想清了一下之后再回来。为了要使这孩子大胆地离开故乡去漂泊,我还引出自己的经历来做了一个例子,对他说:

"'去吧,孩子啊!同金生哥四处去飘游一下,不要再拖延在这里等祸事了!四处去见见世面吧!……你看干爹年轻的时候飘游过多少地方,有的地方你连听都没有听过哩。一个人,赤手空拳地,入军营,打仗,坐班房……什么苦都吃过,可是,我还活到六十多岁了。并且你看你的定坤哥,(我的儿子的名字,先生。)他出去八年了,信都没有一个。何

况你还有金生哥做同伴呢！……'

"可是，先生，他们却不一定地答应。他们只是说事业抛不开，没有人能够接替他们那沉重的担子。我当时和他们力争说：担子要紧——人也要紧！直到最后，他们终于被说得没有了办法，才答应着看看情形再说；如果真的站不住了，他们就到外面去走一趟也可以的。我始终不放心他们这样的回答。我说：

"'要是在这几天他们搜索得利害呢？……'

"'我们并不是死人啊，桂公公！'木匠说。

"'他们走了，先生，'我的干儿子实

在不舍地说：

"'我几时再来呢，干爹？'

"'好些保重自己吧！孩子，处处要当心啊！我这里等事情平静之后再来好了！莫要这样的，孩子！见机而作，要紧得很时，就到远方去避一时再说吧！……'

"先生，他哭了。我也哭了。要不是有李金生在他旁边，我想，先生，他说不定还要抱着我的颈子哭半天呢！……唉！唉——先生，先生啊——又谁知道这一回竟成了我们的永别呢？唉，唉——先生，先生啊！……"

火堆渐渐在熄死了，枯枝和枯叶也

没有了。我们的全身都给一种快要黎明时的严寒袭击着,冻得同生铁差不多。刘月桂公公只管在黑暗中战得悉索地作响,并且完全停止了他的说话。我们都知道:这老年的主人家不但是为了寒冷,而且还被那旧有的,不可磨消的创痛和悲哀,沉重地鞭捶着!雄鸡已经遥遥地啼过三遍了,可是,黎明还不即刻就到来。我们为了不堪在这严寒的黑暗中沉默,便又立刻请求和催促这老人家,要他将故事的"收场"赶快接着说下去,免得耗费时间了。

他摸摸索索地站起身来,沿着我们走了一个圈子,深深地叹着气,然后又坐了下去。

"不能说哩,先生!唉,唉!……"他的声音颤动得非常利害了。"说下去连我们的心都要痛死的。"但是,先生,我又怎能不给你们说完呢?唉,唉!先生,先生啊!……

"大概过了半个多月的平静日子,我们这山谷的村前村后,都显得蛮太平那样的。先生!李金生没有来,我的亲家公也没有来。我想事情大概是没有关系了吧!亲家公或者也想清一些了吧!可是,正当我准备要去找我那亲家公的时候,忽然地,外面又起了风传了——鬼知道这风传是从什么地方来的呢!我只是听到那个癞痢头竹匠对我说了这么一句：'汉生给他的爹爹带人弄去了！'我的身子便像一根木头柱子那样地倒了下去！……先生，在那时候，我只一下子就痛昏了。并且我还不知道是什么人在什么时候给我弄醒来的。总之，当我醒来的时候，我的眼睛已经给血和泪弄模糊了！我所看见的世界完全变样了！……我虽然明知道这事情终究要来的，但我又怎能忍痛得住我自己呢？先生啊！……我不知道做声也不知道做事地，呆呆地坐了一个整日。我的棉衣通统给眼泪湿透了。一点东西都没有吃。不知道世界上还有没有比这更残酷，更

丰收

伤心的事情！为什么这样的事情偏偏要落到我的头上呢？我想：我还有什么呢？世界上剩给我的还有什么呢？唉，唉！先生……

"我完全不能安定，睡不是，坐不是，夜里烧起一堆大火来，一个人哭到天亮。我虽然明知道'吉人天相'的话是狗屁，可是，我却卑怯地念了一通晚。第二天，我无论如何忍痛不住了，我想到曹大杰的大门口去守候那个愚拙的东西，和他拼命。但是，我守了一天都没有守到。夜晚又来了，我不能睡。我不能睡下去，就好像看见我的汉生带着浑身血污在那里向我哭诉的一样。一切夜的山谷中的声音,都好像变成了我的汉生的悲愤的申诉。我完全丧魂失魄了。第三天,先生,是一个大风雨的日子,我不能够出去。我只是咬牙切齿地骂那蠢恶的,愚拙的东西,我的牙齿都咬得出血了。'虎口不食儿肉!'先生,您想他还能算什么人呢?

"连夜的大风大雨,刮得我的心中只是炸开那样地作痛。我挂记着我的干儿子,我真是不能够替他作想啊!先生,连天都在那里为他流眼泪呢。我滚来滚去地滚了一夜,不能睡。也找不到一个能够探听出消息的人。天还没有大亮,我就爬起来了,我去开开那扇小门,先生,您想怎样呢?唉,唉!世界真会有这样伤心的古怪事情的——我第一眼看见的就是那个要命的愚拙的家伙。他为什么会回到这里来的呢?这又是怎样一回事呢?唉,唉,先生!他完全落得浑身透湿,狗一样地蹲在我的门外面,抖索着身子。他大概是来得很久了,蹲在那里而不敢叫门吧!这时候,先生,我的心血完全涌上来了!我本是想要拿把菜刀去将他的头顶劈开的,但是,我还没有来得及翻身去,他就爬到泥地上跪下来了!他的头捣蒜那样地在泥水中捣着,并且开始小孩子一样地放声大哭了起来。先生,凭大家的良心说说吧!我当时对于这样的事情应该怎样办呢？唉，唉！这蠢子——这疯子啊！……杀他吧？看那样子是无论如何也下不去手的！不杀吗？又恨不过，心痛不过！先生，连我都差不多要变成疯子了呢！我的眼睛中又流出血来了！我走进屋子里去，他也跟着，哭着，用膝头爬了进来。唉，先生！怎样办呢？……

"我坐着，他跪着。……我不做声，他不做声！……他的身子抖，我的身子也抖！……我的心里只想连皮连骨活活的吞掉他，可是，我下不去手，完全没有用！……

"'呜——呜……亲家公！'半天了，

他才昂着那泥水沾污的头,说。'恩,我的恩——人啊……打,打我吧!……救救,我和孩,孩子吧!呜,呜——我的恩——亲家公啊……'

"先生,您想:这是怎样叫人伤心的话呢!我拿这样的人和这样的事情怎么办呢?唉,唉,先生!真的呢,我要不是为了我那赤诚的,而又无罪受难的孩子啊!……我当——时只是——

"'怎样呢?——你这老猪啦!孩子呢?孩子呢?——'我提着他的湿衣襟,严酷地问他说。

"'没有——看见啊!亲家公,他

到——呜,呜——城,城里,粮子①里去了哩!——呜,呜……'

"'啊——粮子里?……那么,你为什么还不跟去做老太爷呢?你还到我们这穷亲戚这里来做什么呢?……'

"'他,他们,曹大杰,赶,赶我出来了!恩——恩人啊!呜,呜!……'

"'哼!"恩人啊!"——谁是你的"恩人"呢?……好老太爷!你不要认错了人啦……只有你自己才是你儿子的"恩人",也只有曹大杰才是你自己的恩人呢!……'

---

① 即军队、兵营。

"先生,他的头完全叩出血来了!他的喉咙也叫嘶了!一种报复的,厌恶的,而且又万分心痛的感觉,压住了我的心头。我放声大哭起来了。他爬着上前来,下死劲地抱着我的腿子不放!而且,先生,一说起我那受罪的孩子,我的心又禁不住地软下来了!……看他那样子,我还能将他怎么办呢?唉,先生,我是一生一世都没有看见过蠢拙得这样可怜的,心痛的家伙呀!

"'他,他们叫我自己到城,城里去!'他接着说,'我去了!进,进不去呢!呜,亲家——恩人啊!……'

"唉,先生!直到这时候,我才完全

明白过来了。我说：'老猪啦！你是不是因为老狗赶出了你，而要我陪你到城里的粮子里去问消息呢？'先生，他只是狗一样地朝我望着，很久，并不做声。'那么，还是怎样呢？'我又说。

"'是，是，亲家恩人啊！救救我的孩子吧——恩——恩人啊！……'

"就是这样，先生！我一问明白之后，就立刻陪着他到城里去了。我好像拖猪羊那样地拖着他的湿衣袖，冒着大风和大雨，连一把伞都不曾带得。在路上，仍旧是——他不作声，我不作声。我的心里只是像被什么东西在那里踩踏着。路上的风雨和过路的人群，都好像和我们没有关系。一走到那里,我便叫他站住了;自己就亲身跑到衙门去问讯和要求通报。其实,并不费多的周折,而卫兵进去一下,就又出来了。他说:官长还正在那里等着要寻我们说话呢!唔!先生,听了这话,我当时还着实地惊急了一下子!我以为还要等我们,是……但过细一猜测,觉得也没有什么。而且必须要很快地得到我的干儿子的消息,于是,就大着胆子,拖着那猪人进去了。

"那完全是一个怕人的场面啦!先生。我还记得:一进去,那里面的内卫,就大声地吆喝起来了。我那亲家公几乎吓昏了,腿子只是不住地抖战着。

"'你们中间谁是文汉生的父亲呢?'一个生着小胡子的官儿,故意装得温和地说。

"'我——是。'我的亲家公一根木头那样地回答着。

"'好哇!你来得正好!……前两天到曹大爷家里去的是你吗?'

"'是!……老爷!'

"唉,先生!不能说哩。我这时候完全看出来了——他们是怎样在摆布我那愚拙亲家公啊!我只是牢牢地将我的眼睛闭着,听着!……

"'那么,你来又是做什么的呢?'官

儿再问。

"'我的——儿子啦!……老爷!'

"'儿子?文汉生吗?原来……老头子!那给你就是娄!——你自己到后面的操场中去拿吧!……'

"先生,我的身子完全支持不住了,我已经快要昏痛得倒下去了!可是,我那愚拙的亲家公却还不知道,他似乎还喜得,高兴得跳了起来,我听着:他大概是想奔到后操场中去'拿儿子'吧!……突然地,给一个声音一带,好像就将他带住了!

"'你到什么地方去?老东西!'

"'我的——儿子呀!'

"先生，我的眼越闭越牢了，我的牙关咬得绷紧了。我只听到另外一个人大喝道：

"'哼！你还想要你的儿子哩，老乌龟！告诉你吧！那样的儿子有什么用处呢？"为非作歹！""忤逆不孝！""目无官长！""咆哮公堂！"……我们已经在今天早晨给你……哼哼！枪毙了——你还不快些叩头感谢我们吗！……嗯！要不是看你自己先来"首告"得好时……'

"先生！世界好像已经完全翻过一个边来了！我的耳朵里雷鸣一般地响着！眼睛里好像闪动着无数条金蛇那样的。模糊之中，只又听到另外一个粗暴的声

音大叫道:

"'去呀!你们两个人快快跪下去叩头呀!这还不应当感激吗……'

"于是,一个沉重的枪托子,朝我们的腿上一击——我们便一齐连身子倒了下去,不能够再爬起来了!……

"唉,唉!先生,完了啊!——这就是一个从蠢子变痴子、疯子的伤心故事呢!……"

刘月桂公公将手向空中沉重地一击,便没有再作声了。这时候,外面的,微弱的黎明之光已经开始破绽进来了。小屋子里便立刻现出来了所有的什物的轮廓,而且渐渐地清晰起来了。这老年的主人家的灰白的头,仰靠到床沿上,歪斜的,微闭着的眼皮上,留下着交错的泪痕。他的有力的胡子,完全阴郁地低垂下来了,错乱了,不再高翘了。他的松弛的,宽厚的嘴唇,为说话的过度的疲劳,而频频地战动着。他似乎从新感到了一个枪托的重击那样,躺着而不再爬起来了!……我们虽然也觉十分疲劳,困倦,全身疼痛得要命,可是,这故事的悲壮和人物的英雄的教训,却偿还了我们的一切。我们觉得十分沉重地站起了身来,因为天明了,而且必须要赶我们的路。我的同伴提起了那小的衣包,用手去推了一推刘月桂公公的肩膊。这老年的主人家,似乎还才从梦境里惊觉过来的一般,完全怔住了!

"就去吗?先生!……你们都不觉得疲倦吗?不睡一下吗?不吃一点东西去吗?……"

"不,桂公公!谢谢你!因为我们要赶路。夜里惊扰了您老人家一整夜,我们的心里实在过意不去呢!"我说。

"唉!何必那样说哩,先生。我只希望你们常常到我们这里来玩就好了。我还啰啰嗦嗦地,扰了你们一整夜,使你们没有睡得觉呢!"桂公公说着,他的手几乎又要揩到眼睛那里去了。

我们再三郑重地,亲敬地和他道过

了别,踏着碎雪走出来。一路上,虽然疲倦得时时要打瞌睡,但是只要一想起那伤心的故事中的一些悲壮的,英雄的人物,我们的精神便又立刻振作起来了!

前面是我们的路……

一九三六年七月四日,大病之后

(选自《山村一夜》)

图书在版编目（CIP）数据

丰收 / 叶紫著. -- 上海：上海文艺出版社，2023
（红色经典文艺作品口袋书）
ISBN 978-7-5321-8630-3

Ⅰ.①丰… Ⅱ.①叶… Ⅲ.①短篇小说－小说集－中国－现代 Ⅳ.①I246.7

中国国家版本馆CIP数据核字(2023)第037817号

发 行 人：毕　胜
责任编辑：胡曦露
封面设计：陈　楠
美术编辑：钱　祯

书　　名：丰　收
作　　者：叶　紫
出　　版：上海世纪出版集团　　上海文艺出版社
地　　址：上海市闵行区号景路159弄A座2楼　201101
发　　行：上海文艺出版社发行中心
　　　　　上海市闵行区号景路159弄A座2楼206室　201101　www.ewen.co
印　　刷：上海中华印刷有限公司
开　　本：787×1092　1/32
印　　张：8.625
插　　页：4
字　　数：66,000
印　　次：2025年1月第1版　2025年1月第1次印刷
ISBN：978-7-5321-8630-3/I.6797
定　　价：45.00元
告 读 者：如发现本书有质量问题请与印刷厂质量科联系　T: 021-59404766